مہربان جن

(بچوں کا ناول)

مصنف:

وکیل نجیب

ISBN 978-93-5872-086-0

© تعمیر پبلی کیشنز

مہربان جن (ناول)	:	کتاب
وکیل نجیب	:	مصنف
ادب اطفال	:	صنف
تعمیر پبلی کیشنز (حیدرآباد، انڈیا)	:	ناشر
تعمیر ویب ڈیولپمنٹ، حیدرآباد	:	زیرِ اہتمام
۲۰۲۳ء	:	سالِ اشاعت
(پرنٹ آن ڈیمانڈ)	:	تعداد
تعمیر پبلی کیشنز، حیدرآباد ۲۴-	:	طابع
۲۰۰	:	صفحات
تعمیر ویب ڈیزائن	:	سرِ ورق ڈیزائن

پیش لفظ

مدرس ہوں اِس لیے میرا زیادہ وقت بچوں میں گزرتا ہے۔ کتابوں میں بچوں کی نفسیات کے متعلق پہلے ڈی لٹ کرتے وقت اور بعد میں بی ایڈ کرتے وقت پڑھا اور اب دو بدو مطالعہ ہورہا ہے۔ اس مطالعے نے جہاں مجھے بچوں کی نفسیات اور رجحانات سمجھنے میں مدد دی وہیں درس و تدریس کے کچھ طریقے بھی معلوم ہوئے ان میں سے ایک ہے کہانی سنانے کا طریقہ۔

اگر کسی کہانی کو سبق کی طرح پڑھا جائے تو بچوں کی نصف دلچسپی ختم ہوجاتی ہے شاید سبق کے نام سے ہی طلبا کو وحشت ہوتی ہے۔ ہاں اگر کسی سبق کو کہانی کی طرح سنایا اور پڑھایا جائے تو بچے ہمہ تن گوش ہوجاتے ہیں۔ جس کے اچھے نتائج برآمد ہوتے ہیں۔ زبانوں کی تعلیم میں یہ طریقہ کار آمد بھی ہے اور دلچسپ بھی۔

بس اسی طرح کہانیوں سے نسبت پیدا ہوگئی۔ خالی پیریڈ میں اصلاحی کہانیاں سنانا۔ کتابوں کی کہانیاں، رسالوں کی کہانیاں، مذہبی کہانیاں اور پھر خود اپنی کہانیاں۔

یہ کہانی بھی کچھ اس طرح وجود میں آئی۔ ایک شرارت کرنے والے بچے کے متعلق بتایا کہ وہ گھر سے اسکول آتے وقت ایک نالے میں گر پڑا۔ بڑی مشکل سے باہر نکلا۔ وہیں اُسے ایک بوتل ملی اور اُس بوتل کو کھول کر اُس نے دیکھا تو اُس میں سے ایک جن برآمد ہوا جس نے اُسے سزا دی کیونکہ اُسے اُس کے جیسے ہی ایک انسان نے قید کیا تھا۔

یہ ایک بنا سوچی سمجھی کہانی تھی۔ پھر اس موضوع پر میں نے غور کیا تو کڑی سے کڑی ملتی چلی گئی اور یہ ناول "مہربان جن" معرضِ وجود میں آیا۔

یہ ایک عجیب و غریب شکل وصورت والے انتہائی بدصورت لڑکے کی کہانی ہے۔ جسے ایک جن نے خوبصورت بنا دیا لیکن اُس خوبصورتی نے اُسے کتنی آزمائشوں سے گذارا یہ پڑھنے سے تعلق رکھتا ہے۔

اس کہانی میں تجسس اور تحیر کی ایک ایسی فضا

ہے جو ایک لمحہ کے لیے بھی قاری کا دھیان بٹنے نہیں دے گی۔ امید ہے کہ نہ صرف بچے بلکہ بڑے بھی اِس کہانی کو پڑھ کر محظوظ ہوں گے۔

قارئین قیمتی آرا سے نوازیں

وکیل نجیب

مہربان جن

اسلم ایک بہت ہی سیدھا سادا اور نیک لڑکا تھا۔ پڑھنے لکھنے میں بہت ہی ہوشیار اور ذہین تھا لیکن قدرت نے اُس کے ساتھ ایک بڑا ہی بھیانک مذاق کیا تھا۔ اُس کی صورت ایسی عجیب و غریب اور بے ڈھنگی تھی جسے دیکھ کر لوگ بے اختیار ہنس دیا کرتے تھے۔ کالا کالا چہرہ، جس پر کیکڑے جیسی ناک، گھنی بھنویں اور حبشیوں کی طرح گھنگھریالے بال۔ اُس بد ستم یہ کہ چیچک کے بڑے بڑے داغ، چوڑا چوڑا پھیلا ہوا چہرہ اور چھوٹا سا گول سر، یہ سب چیزیں مل کر ایک ایسی ہیئت پیدا کر دیتے تھے کہ لوگ اُسے دیکھ کر بے اختیار ہنس دیا کرتے تھے اور وہ احساسِ کمتری کا شکار ہو جاتا تھا۔ اِن باتوں کو تو وہ کسی نہ کسی طرح سہن بھی کر لیتا تھا

لیکن خدا سے اُسے خاص شکایت یہ تھی کہ اُس کے پیدا ہوتے ہی اُس کی ماں چل بسی تھی۔ نہ تو اُس نے ماں کی شکل کبھی دیکھی اور نہ ہی اُسے ماں کا سچا پیار ملا۔

اُس کا باپ، شاکر حسین، ایک آفس میں کلرک تھا۔ پہلی بیوی کی موت کے کچھ ہی مہینوں بعد اُس نے دوسری شادی کر لی۔

سوتیلی ماں کا سلوک اسلم کے ساتھ ہمیشہ ہی ظالمانہ ہوا کرتا تھا۔ وہ ہمیشہ اُسے جھڑکتی، ڈانٹتی اور مارتی تھی۔ گھر کے تمام کام اُسی سے کروانی تھی۔ اتنا سب کچھ کرنے کے باوجود نہ تو اُسے اچھا کھانے کو ملتا تھا اور نہ ہی پہننے کو۔ اُس کی عجیب و غریب شکل وصورت کی وجہ سے باپ بھی اُس سے کوئی خاص ہمدردی یا محبت نہیں رکھتا تھا۔

اِسی طرح ظلم سہتے سہتے اسلم چودہ سال کا ہوگیا۔ وہ آٹھویں کلاس میں پڑھتا تھا اور ہمیشہ اپنی کلاس میں اوّل آیا کرتا تھا۔ اُس کی شکل وصورت کا اس کے ساتھی بھی مذاق اُڑایا کرتے تھے لیکن اُس کی ذہنی قوت کی وجہ سے ہر کوئی اُس سے مرعوب رہتا تھا۔

تمام ہی لڑکوں کے لئے حساب سب سے مشکل مضمون تھا لیکن اسلم حساب میں بہت تیز تھا اور اکثر اوقات استاد سے پہلے ہی جواب نکال لیا کرتا تھا۔ تمام اساتذہ بھی اُس کی ذہانت کے معترف تھے۔

اسلم کا اسکول اُس کے گھر سے تقریباً دو کلومیٹر کے فاصلے پر تھا اور یہ راستہ اُسے روزانہ پیدل طے کرنا پڑتا تھا۔ جبکہ اس کے سوتیلے بھائی بھی رکشہ میں بیٹھ کر اسکول جایا کرتے تھے۔ اسلم اردو میڈیم کے ایک معمولی اسکول میں پڑھتا تھا اور اس کے سوتیلے بھائی بہن انگریزی میڈیم کے اسکول میں تعلیم حاصل کرتے تھے۔

اسلم کو اس بات کا غم نہیں تھا کہ اُسے پیدل آنا جانا پڑتا ہے اُس کو تو اِس بات کا غم تھا کہ دو پہر کے کھانے کے لیے جو چیزیں اُس کے سوتیلے بھائی اور بہن کو دی جاتی تھیں اُسے ویسا کبھی کچھ نہیں دیا جاتا تھا۔ اُسے تورات کی بچی ہوئی روٹی، سبزی یا دال دی جاتی تھی یہی وجہ تھی کہ وہ دو پہر کی چھٹی میں بالکل الگ تھلگ بیٹھ کر کھانا کھایا کرتا تھا تاکہ اُس کا کوئی ساتھی اُسے دیکھ نہ لے۔ اسلم خود دار بھی بہت تھا۔ بھوک کا

رہنا اُسے منظور تھا لیکن وہ مانگ کر کوئی چیز نہیں کھاتا۔ رحم کھا کر اگر اُسے کوئی چیز دے بھی تو وہ قبول نہیں کرتا تھا۔

ایک دن کی بات ہے کہ حسبِ معمول اسلم صبح ۵ بجے بیدار ہوگیا۔ کارپوریشن کے نل سے اُس نے گھر میں پانی بھر دیا۔ پھر رات کے جو جھوٹے برتن تھے اُنھیں دھو دیا اور دودھ لانے چلا گیا۔ دودھ لا کر گندے کپڑے دھونے بیٹھ گیا۔ اِس طرح کام کرتے کرتے صبح کے نو بج گئے۔ اُس کے اسکول جانے کا وقت ہوگیا۔ جب وہ اسکول جانے کی پوری تیاری کر چکا تھا تبھی رکشے والے کا لڑکا آیا اور کہنے لگا کہ آج اس کے ابّا کو ضروری کام ہے اس لیے وہ رکشہ لے کر نہیں آئیں گے۔ اس کی سوتیلی ماں نے اسلم سے کہا کہ وہ پہلے اپنے بھائی بہن کو ان کے اسکول میں پہنچا دے اور پھر اپنے اسکول چلا جائے۔

اِس طرح کرنے سے اُس کے اپنے اسکول پہنچنے میں دیر ہونی ضروری تھی لیکن وہ اپنی ماں کا کہنا ٹال بھی نہیں سکتا تھا۔ دل پر صبر کر کے اور صبر کا کڑوا گھونٹ پی کر اُس نے اپنا اور اپنے بھائی بہن کا بستہ کاندھے پر لٹکایا اسکول جانے کے لیے تیار ہوگیا

جلدی جلدی میں وہ اپنا کھانے کا ڈبہ بھی لینا بھی بھول گیا۔

پہلے تو اپنے بھائی بہن کو اُن کے اسکول میں چھوڑا اور وہاں سے اپنے اسکول کے لیے روانہ ہوگیا جو وہاں سے تقریباً ڈیڑھ کلو میٹر دور تھا۔ کسی طرح گرتے پڑتے وہ اپنے اسکول پہنچا لیکن دیر ہو چکی تھی اور پہلا پیریڈ ختم ہونے کے قریب پہنچ چکا تھا۔ قاعدے کے مطابق پندرہ منٹ سے زیادہ دیر ہونے پر طالب علم کو ہیڈ ماسٹر کے سامنے پیش کیا جاتا تھا۔ لہذا اُسے بھی ہیڈ ماسٹر کے سامنے پیش کیا جانا تھا۔ لہذا اُسے بھی ہیڈ ماسٹر کے سامنے پیش کیا گیا۔ پہلے تو ہیڈ ماسٹر صاحب نے اُسے بہت ساری نصیحتیں سنائیں پھر عبرت کی خاطر سزا بھی دی۔ یہ بات اُسے بہت ناگوار گذری لیکن وہ کر بھی کیا سکتا تھا۔ وہ کلاس میں آ کر بیٹھا تو کلاس ٹیچر نے بھی اُسے باتیں سنائیں اور کہا کہ تم اتنی دیرے آئے ہو اس لیے تمہاری آج کی حاضری نہیں لگے گی۔

چار پیریڈ کے بعد کھانے کی چھٹی ہوئی تو اُسے

معلوم ہوا کہ وہ روٹی کا ڈبہ لانا بھول گیا ہے ۔ وہ اسکول سے نکل کر باغ کی طرف جانے لگا تو اُس کے ایک ساتھی نے اُسے اپنے ساتھ کھانے کی دعوت دی لیکن اُس نے منظور نہیں کیا ۔ کہہ دیا کہ وہ کھانا کھا کر آیا ہے ۔ اتنا کہہ کر وہ باغ کے ایک گوشے میں بیٹھ گیا ۔ نل کا ٹھنڈا ٹھنڈا پانی پیا اور بھوک کو بہلانے کی کوشش کرنے لگا ۔

کھانے کی چھٹی کے بعد چار پیریڈ اُس نے کسی طرح گذارے اور چھٹی ہوتے ہی وہ اپنے سوتیلے بھائی بہن کو لینے کے لیے اُن کے اسکول کی طرف بھاگا ۔ وہاں پہنچا تو معلوم ہوا کہ رکشہ والا آیا تھا اور دونوں بچّوں کو لے کر چلا گیا ہے ۔

اسلم کو بڑا افسوس ہوا اور دکھ بھی ہوا کہ اُسے اتنی دور دوڑتے ہوئے آنا پڑا ۔ اب یہاں سے گھر جانا تھا ۔ شام ہو چلی تھی ۔ بھوک کی وجہ سے اُسے چکر سا محسوس ہو رہا تھا اُس نے مختصر راستے سے گھر جانے کا فیصلہ کیا جو بہت ویران اور سنسان رہتا تھا ۔ شام کو لوگ اُس رستے سے جاتے ہوئے گھرائے تھے ۔ اسلم اگر دیرے سے گھر پہنچتا تو یقیناً اس کی ماں اس کی کوئی بات نہیں سنتی اور مارنا شروع کر دیتی بس اسی

خوف سے اُس نے اُس ویران مختصر راستے سے جانا طے کیا۔

ابھی اُس نے مشکل سے آدھا راستہ طے کیا تھا کہ اچانک اُسے چکر آیا اور وہ چکرا کر گر پڑا۔ دو تین منٹ کے بعد اُس کے اوسان بجا ہوئے تو اُس نے اپنے اطراف و جوانب کا جائزہ لیا۔ وہ سٹرک کے کنارے املی کے ایک درخت کے نیچے پڑا ہوا تھا۔ درخت کی جڑ کے پاس ایک گڑھا تھا جو شاید گیڈر کا پائپ بچھانے کے لیے کیا گیا تھا۔ گڑھا تقریباً چار فٹ گہرا تھا۔ کام کرنے والے گڑھا کھود کر جا چکے تھے۔ غیر ارادی طور پر اسلم کی نظریں اُس گڑھے میں گئیں وہاں اُسے ایک چمکتی ہوئی چیز نظر آئی اُس نے اُس چمکتی ہوئی چیز کو غور سے دیکھا لیکن کچھ صاف دکھائی نہیں دیا۔ کیونکہ اس چیز کا کافی زیادہ حصہ مٹی میں دبا ہوا تھا اور صرف تھوڑا سا حصہ ڈوبتے ہوئے سورج کی زرد کرنوں میں عجیب طرح چمک رہا تھا۔ اپنے جستجو کے جذبے کے تحت وہ اُس چمکتی ہوئی چیز کو پانے اور اصلیت جاننے کے لیے گڑھے میں کود گیا اور مٹی میں دبی ہوئی اُس چیز کو آہستہ آہستہ نکالنے کی کوشش کرنے لگا۔ تھوڑی کوشش میں وہ اُس چیز کو نکالنے

میں کامیاب ہوگیا۔ وہ ایک بڑے سائز کی کتھئی رنگ کی بوتل تھی جس کا منہ اچھی طرح بند کیا ہوا تھا۔ بوتل کافی پرانی لگ رہی تھی ایسی بوتل اس نے کبھی نہیں دیکھی تھی۔ بوتل کے منہ پر ایک عجیب طرح کا کارک لگا ہوا تھا۔ بوتل میں کچھ دکھائی نہیں دے رہا تھا۔ بوتل کو لے کر وہ گڑھے سے باہر چلا آیا۔ اپنے بستے سے اچھی طرح بوتل کو صاف کیا۔ بوتل جھل مِل، جھل مِل چمکنے لگی لیکن پھر بھی اُسے کوئی چیز بوتل کے اندر دکھائی نہیں دی۔ پھر اُس نے اپنے بستے میں سے پرکار نکالا اور اس کے نکیلے حصے سے بوتل کے کارک کو کھولنے کی کوشش کرنے لگا۔ کارک بہت زیادہ پرانا تھا پرکار کی نوک سے وہ ٹکڑے ٹکڑے ہوگیا اور بوتل کا منہ کھل گیا۔ جیسے ہی بوتل کا منہ کھلا اُس میں سے سفید سفید گاڑھا دھواں باہر نکلنے لگا اور بڑی زور کی گڑگڑاہٹ کی آواز پیدا ہوئی، ایسا محسوس ہوا کہ دور کہیں بادل گرج رہا ہے بجلی کڑک رہی ہے۔ پھر اچانک ایک زوردار دھماکہ ہوا اور اسلم ایک جھٹکے سے دور جاگرا۔ پھر اُس نے دیکھا کہ اُس کثیف دھوئیں نے ایک شکل اختیار کرنی شروع کی اور اس کے سامنے ایک بہت بڑا جن کھڑا ہوا

قہقہے لگا رہا تھا۔ جن کی لمبی چوٹی اُس کے شانے پر لٹک رہی تھی اور سر اس کا املی کے درخت سے بھی بلند تھا۔ جن کی بھیانک شکل دیکھ کر اسلم ڈر گیا اور بستہ اُٹھا کر بھاگنے لگا۔ تبھی جن نے جُھک کر اُسے اپنے ہاتھ سے اس طرح اُٹھایا گو یا وہ پلاسٹک کا معمولی کھلونا ہے۔ خوف کے مارے اسلم کی چیخ نکل گئی۔ جن نے اُسے اپنے دوسرے ہاتھ کی ہتھیلی پر کھڑا کر دیا اور کہا "بچے! آج سے تین سو سال پہلے مجھے ایک بہت بڑے عالم اور عامل نے اُس بوتل میں بند کر دیا تھا اور یہاں ایک گڑھا کھود کر بوتل کو دفن کر دیا تھا۔ آج تو نے مجھے اِس طویل قید سے آزاد کیا ہے۔ میں تجھ سے بہت خوش ہوں اور تیری کوئی بھی تین خواہشیں پوری کر دوں گا۔ بیان کر۔

اسلم تو بیچارہ خوف کے مارے تھر تھر کانپ رہا تھا۔ وہ کیا بولتا کسی طرح اُس نے اپنے حواس اکٹھے کئے اور کہا "جن چاچا اگر تم میری تین خواہشیں پوری کر نا چاہتے ہو تو مجھے تھوڑا وقت دو تاکہ میں سوچ سوچ کر اپنی تین خواہشیں بیان کر سکوں۔ ابھی تو مجھے جانے دو میری سوتیلی ماں میرا انتظار کر رہی ہو گی۔ مجھے بہت سارے کام کرنے

ہیں ۔"

جن نے کہا " ٹھیک ہے اگر تو سوچ سمجھ کر اپنی خواہشیں بیان کرنا چاہتا ہے تو مجھے انکار نہیں ہے لیکن پہلی خواہش تو تجھے ابھی اور اسی وقت بتانی ہوگی ۔"

اسلم نے جن سے جانے کی بہت اجازت مانگی جب وہ راضی نہ ہوا تو اُس نے تھوڑی دیر سوچا اور کہا" اچھا جن چاچا میری پہلی خواہش یہ ہے کہ تم مجھے خوبصورت بنا دو، میری اس بھیانک شکل کی وجہ سے سب میرا مذاق اڑاتے ہیں اور نفرت کرتے ہیں ۔ مجھے حقیر اور ذلیل سمجھتے ہیں ۔"

اسلم کی اس خواہش کو سُن کر جن نے ایک زوردار قہقہہ لگایا پھر اُس نے اسلم کو زمین پر لٹا دیا اور اُس کے سر پر ہاتھ رکھ کر آہستہ آہستہ پیروں تک لے گیا ۔ اسلم کو ایسا محسوس ہوا جیسے کوئی اس کی کھال ادھیڑ رہا ہے ۔ مارے تکلیف کے اُس پر غشی سی طاری ہوگئی ۔ پھر جن نے پیروں سے سر تک ایک بار پھر ہاتھ پھیرا۔ اسلم کو محسوس ہوا گویا اُسے جلتے ہوئے تیل کے کڑھاؤ میں ڈال دیا گیا ہے ۔ وہ چیخنا چاہتا تھا لیکن چیخ نہیں نکل سکی ۔ پھر تیسری بار جن نے سرے سے کر پیروں تک

ہاتھ پھیرا اسلم کو محسوس ہوا کہ گرم بھٹی سے نکل کر وہ سرسبز اور شاداب ٹھنڈے علاقے میں آ کھڑا ہوا ہو۔ بہت تازگی اور فرحت اُسے محسوس ہوئی۔ جن نے اُسے اٹھا کر کھڑا کر دیا اور کہا "لے بچے اب تیری شکل بہت خوبصورت بن گئی ہے۔ تیری ایک خواہش پوری ہوگئی ہے۔ رہ گئیں دو خواہشیں تو جب تو جب کہے گا میں اُنھیں پورا کر دوں گا۔ میں چند باتوں کی تجھے ہدایت کرتا ہوں اگر اُن پر تو نے عمل کیا تو ہمارا معاہدہ قائم رہے گا ورنہ ٹوٹ جائے گا۔ اگر تیری طرف سے معاہدہ ٹوٹا تو میں تیری شکل اس سے زیادہ بھیانک اور خوفناک بنا دوں گا کہ تجھے آئینہ دیکھنے سے بھی خوف آئے گا۔ پہلی بات تو یہ کہ تو کسی کو مت بتانا کہ میں تیرے قبضے میں ہوں۔ دوسری بات یہ کہ تو مجھے کبھی بھی تنہائی میں بلانا۔ کسی کے سامنے مجھے طلب نہیں کرنا۔ تیسری خواہش صرف دنیاوی چیزوں سے تعلق رکھنے والی ہونی چاہیے۔ بول منظور ہے۔ اسلم نے اقرار میں سر ہلایا۔ پھر جن نے اپنی چوٹی سے دو بال توڑے اور اس کی دونوں ٹانگوں میں باندھ دیئے اور کہا "جب بھی مجھے بلانا ہو ایک بال کو توڑ کر آگ میں جلا دینا میں حاضر ہو جاؤں گا۔ ٹھیک ہے۔

اچھا اب میں چلتا ہوں اور تو بھی جا۔

اسلم نے جلدی سے اپنا بستہ اٹھایا گھر کی طرف روانہ ہوا۔ جن نے زمین پر پڑی ہوئی بوتل کو اُٹھایا اور زور سے ایک پتھر پر پٹک دیا۔ بوتل کے ٹکڑے چاروں طرف بکھر گئے۔ جن نے ایک گرجدار قہقہہ لگایا اور غائب ہو گیا۔

شام ہو چکی تھی اور اندھیرا آہستہ آہستہ ہر چیز پر مسلط ہوا جاتا تھا۔ کافی وقت گذر چکا تھا اُسے گھر پہنچنے کی جلدی تھی۔ اُسے ابھی گھر کے بہت سارے کام کرنے تھے۔ اسلم نے دل میں سوچا کہ آج اس کی خیریت نہیں ہے۔ اس تاخیر کے لیے اُس کی ضرور پٹائی ہوگی یہ سوچ کر وہ اور تیزی سے اپنے قدم اٹھانے لگا۔

جب وہ اپنے گھر کے قریب پہنچا تو اُس نے دیکھا کہ اُس کا سوتیلا بھائی گڈو اور بہن مُنّی مکان کے سامنے کھیل رہے تھے۔ سامنے کی دیوار سے لگی اُس کے ابا کی سائیکل کھڑی ہوئی تھی جس کا مطلب یہ تھا کہ وہ گھر آ چکے ہیں۔ ماں بھی گھر میں ہوگی۔ آج سب کے سامنے اُس کی مرمت ہوگی۔ دل میں اندیشوں کا طوفان لیے وہ گھر کے دروازے کی طرف بڑھا۔ اس کے بھائی

بہن نے اُسے اندر جاتے دیکھا تو وہ دوڑ کر اُس کے قریب آئے ۔ حیرت سے اُسے دیکھنے لگے ۔ گڈو نے اُس سے کہا " ارے کون ہو تم اور تمہیں کس سے ملنا ہے ؟

اسلم نے سوچا کہ شاید وہ اُس سے مذاق کر رہا ہے اُس نے گڈو سے کہا ہٹو ، مجھے جانے دو' پہلے ہی مجھے آج کافی دیر ہو گئی ہے ۔

اُس کے بہن اور بھائی اُسے حیرت سے دیکھنے لگے ۔ وہ اُنہیں ایک طرف کرتا ہوا گھر میں داخل ہوا۔ اس کے بھائی بہن بھی اس کے پیچھے مکان میں داخل ہوئے۔ اسلم کے والد سامنے کے کمرے میں بیٹھے ہوئے کوئی رسالہ دیکھ رہے تھے ۔ جب اُسے اندر آتے دیکھا تو اُنھوں نے رسالہ نیچے رکھا اور اُس سے پوچھا "کیوں بھئی کیا بات ہے ؟ کس سے ملنا ہے ۔ اس طرح گھر میں کیوں گھسے چلے آرہے ہو ؟

اپنے والد کے منہ سے یہ سوالات سُن کر اُسے حیرت بھی ہوئی اور گھبراہٹ بھی ۔ اُس کی زبان گنگ سی ہو کر رہ گئی ۔ اس کے سوتیلے بھائی بہن بھی کمرے میں پہنچ چکے تھے ۔ اسلم کے والد نے اُن سے پوچھا "یہ کون ہے لڑکا ؟ کس سے ملنے آیا ہے ؟

اسلم حیران کھڑا تھا کہ یہ کیا ہوگیا ؟ اُس کے بھائی بہن اور اُس کے والد اُسے پہچان نہیں لے رہے ہیں ۔ پھر اس کے والد نے ذرا کڑک کر پوچھا " بولتے کیوں نہیں کون ہو تم ؟

اسلم نے ڈرتے ڈرتے کہا " ابو جی میں اسلم ہوں !

" اسلم "! ایک دم وہ کرسی سے یوں اٹھ کھڑے ہوئے گویا اُنھیں بجلی کا شاک لگا ہو ۔

تم اسلم ہو !

وہ چند لمحے اسے حیرت سے دیکھتے رہے پھر اُنھوں نے اندر کے کمرے کی طرف منہ کرکے آواز دی " زرینہ ذرا یہاں تو آنا ۔

اُسی وقت اندر کے کمرے سے نکل کر اس کی سوتیلی ماں آئی اور حیرت سے اسلم کو دیکھنے لگی ۔ اسلم کے والد نے اس کی اماں سے پوچھا " اسلم کہاں ہے ؟

اسلم تو آج اسکول سے ابھی تک نہیں آیا ۔ جانے کہاں پھرتا رہتا ہے اگر میں کچھ کہوں تو لوگ کہیں گے کہ سوتیلی ماں ہے ۔ بچے پر ظلم کرتی ہے " پھر اسلم کی طرف دیکھ کر اُنھوں نے کہا " یہ لڑکا کون ہے ؟

اسلم نے جلدی سے کہا " امی میں اسلم ہوں آپ کا

اسلم ۔ آج مجھے اسکول سے گھر آنے میں تھوڑی دیر ہوگئی ۔

اسلم کی ماں نے تعجب سے کہا ۔ "تم اسلم ہو ہرگز نہیں ۔ تم جھوٹ بولتے ہو ۔

نہیں امی میں سچ بول رہا ہوں میں ہی اسلم ہوں، آپ کا بیٹا اسلم ۔ آج صبح رکشہ والا نہیں آیا تھا تو میں ہی گڈو اور مُنّی کو اپنے ساتھ لے کر گیا تھا۔ وہاں اُنھیں اسکول میں چھوڑ کر میں اپنے اسکول میں چلا گیا تھا ۔ چھٹی ہونے کے بعد پھر میں گڈو کے اسکول گیا تھا ۔ معلوم ہوا کہ رکشے والا آیا تھا اور دونوں رکشے میں بیٹھ کر چلے گئے وہاں سے گھر آنے میں مجھے دیر ہوگئی ۔

اسلم کی ماں نے حیرت سے اُس کے والد کی طرف دیکھا ۔ پھر اُس نے کہا "یہ سب سچ ہے لیکن تم اسلم نہیں ہو !

امی میں سچ کہتا ہوں میں اسلم ہی ہوں ۔ اتنا کہہ کر اسلم رونے لگا پھر گڈو اور منی کی طرف مڑ کر اس نے کہا "گڈو تم نے بھی مجھے پہچانا نہیں یاد ہے نا آج میں تمہارا بستہ اپنے کندھے پر رکھ کر اسکول لے گیا تھا ۔ منی میری پیاری بہن تو بھی مجھے نہیں پہچان رہی ہے ۔ یاد ہے

آج صبح جب میں تجھے اسکول لے جا رہا تھا تو آدھے راستے میں تیرے پیر درد کرنے لگے تو میں نے تجھے اپنے کندھے پر بٹھا لیا تھا۔ تو بھی مجھے نہیں پہچان رہی ہے ۔ تم لوگ مجھے مارو پیٹو لیکن ایک بار کہہ دو کہ میں اسلم ہوں "

گھر میں سبھی لوگ حیران ہو کر ایک دوسرے کی صورتوں کو دیکھ رہے تھے لیکن کوئی یہ نہیں کہہ رہا تھا کہ وہی اسلم ہے ۔ آخر اس کے ابو نے کہا "اچھا آؤ اپنا بستہ دکھاؤ۔

اسلم نے اپنا بستہ اُنھیں دے دیا۔ اُس کے ابو نے بستہ سے تمام کتابیں اور کاپیاں نکال لیں اور ایک ایک کاپی کتاب کو الٹ پلٹ کر دیکھنے لگے ، کاپیاں اور کتابیں اسلم کی ہی تھیں اور اُن پر اُسی کا نام لکھا ہوا تھا۔ بستہ بھی اُسی کا تھا۔ پھر انھوں نے غور سے اس کی طرف دیکھا۔ کپڑے بھی اسلم کے تھے اور چپل بھی اسلم ہی کی تھی ۔

انھوں نے کہا " یہ تمام چیزیں تو اسلم کی ہیں لیکن تم اسلم نہیں ہو ۔

ابو جی میں سچ کہتا ہوں کہ میں ہی اسلم ہوں ۔

تھوڑی دیر تک اس کے ابو کچھ سوچتے رہے ۔ پھر اپنی بیوی کے ساتھ اندر کے کمرے میں چلے گئے ۔ تھوڑی دیر بعد پھر اسی کمرے میں آئے اور اسلم سے کہا :

"دیکھو! تم سچ سچ بتا دو کہ تم کون ہو اور اسلم کہاں ہے؛ اور اسلم کی یہ ساری چیزیں تم کو کہاں سے ملی ہیں؟

اسلم نے روتے ہوئے کہا "ابو جی میں سچ کہتا ہوں کہ میں ہی اسلم ہوں۔

نہیں تم اسلم ہو ہی نہیں سکتے۔ یہ سچ ہے کہ یہ بستہ، یہ کاپی، کتابیں، یہ کپڑے اور چپل جو تم پہنے ہو وہ اسلم ہی کی ہے لیکن تم اسلم نہیں ہو۔ سچ سچ بتا دو کہ تم کو کس نے یہاں بھیجا ہے اور اسلم کہاں ہے؟ کیا تم اسلم کے دوست ہو؟

اسلم سر پکڑ کر بیٹھ گیا اور بے تحاشا رونے لگا: "ابو آپ مجھے ماریئے جتنا چاہے ماریئے لیکن ایک بار کہہ دیجیئے کہ میں ہی آپ کا بیٹا اسلم ہوں۔ خدا کی قسم میں ہی اسلم ہوں۔

اُسی وقت اس کی ماں اندر کے کمرے میں گئی اور ایک فوٹو اپنے ساتھ لے کر آئیں۔ اُس فوٹو میں اسلم اپنی امی، ابو اور بھائی بہن کے ساتھ بیٹھا ہوا تھا۔ جو ایک نمائش میں کھنچوائی گئی تھی۔ وہ فوٹو اسلم کے ہاتھ میں دے کر اس کی امّی نے کہا " اچھا بتاؤ اس فوٹو میں تمہاری تصویر کون سی ہے؟ ۔

اسلم نے فوٹو میں اپنی تصویر پر انگلی رکھ کر کہا ....

دیکھیے امی یہ ہے میری تصویر ۔ میں گڈو اور منی کے بیچ میں بیٹھا ہوں اور یہ فوٹو بابا تاج الدین کے عرس کے موقع پر ہم نے کھنچوائی تھی ۔ امی آپ کیوں یقین نہیں کرتیں کہ میں اسلم ہوں ؟ خدا کی قسم میں ہی آپ کا بیٹا اسلم ہوں ۔

اچھا تم اِدھر آؤ میرے ساتھ ۔ اسلم کے ابو نے کہا ؛ وہ اُسے لے کر اندر کے کمرے میں گئے اور اُنھوں نے اسلم کو ایک آئینے کے سامنے کھڑا کر دیا اور فوٹو اُس کے ہاتھ میں دے کر کہا " دیکھو فوٹو والے اسلم میں اور تم میں کیا فرق ہے؟

اسلم کی نظر جیسے ہی آئینہ پر پڑی اُس پر حیرتوں کے پہاڑ ٹوٹ پڑے ۔ اُسے یوں لگا کہ آئینہ کے سامنے وہ نہیں کھڑا ہے کوئی اور ہی لڑکا ہے یقیناً وہ اسلم نہیں تھا ۔ حیرت سے کبھی وہ فوٹو کی طرف دیکھتا تھا تو کبھی آئینہ کی طرف ! کہاں وہ بدصورت اور بدہیئت لڑکا جو تصویر میں تھا اور کہاں یہ خوبصورت دل کش اور وجیہہ نوجوان جو آئینے کے سامنے کھڑا ہوا تھا ۔ وہ خود اپنے آپ کو نہیں پہچان سکا ۔ آئینہ کے سامنے جو لڑکا کھڑا تھا اس کا گورا گورا رنگ ، کھڑی ناک ، بڑی اور خوبصورت آنکھیں اور دل کش بال ، ہر چیز بدلی ہوئی تھی یقیناً وہ اسلم نہیں تھا کوئی اور

تھا۔ اسلم نے دل میں سوچا کہ واقعی جن نے اُسے بہت خوبصورت بنا دیا ہے لیکن اگر وہ اپنے ماں باپ کو بتا دیتا کہ جن نے اُسے خوبصورت بنایا ہے تو جن اُس سے ناراض ہو جائے گا اور اُسے اور زیادہ بدصورت بنا دے گا اور اس کی باقی دو خواہشیں بھی پوری نہیں کرے گا یہ سوچ کر وہ خاموش ہو گیا۔

اُسے خاموش دیکھ کر اُس کے والد نے ذرا ڈانٹتے ہوئے کہا " سچ سچ بتاؤ کہ تم کون ہو اور تم کو کس نے یہاں بھیجا ہے؟ اور اسلم کہاں ہے؟ اگر تم نے سب کچھ صحیح صحیح نہیں بتایا تو ہم تمہیں پولیس کے حوالے کر دیں گے اور وہ لوگ تمہیں اتنا ماریں گے کہ تمہارے ہوش ٹھکانے آ جائیں گے اس لیے یہیں پر بتا دو کہ تم کون ہو؟

میں سچ کہتا ہوں ابو جی میں ہی اسلم ہوں۔ مجھے کسی نے نہیں بھیجا ہے بلکہ میں خود سے یہاں آیا ہوں کیونکہ یہی میرا گھر ہے۔ آپ میرے ابو ہیں شاکر حسین اور یہ میری امی ہیں۔ یہ میرا چھوٹا بھائی گڈو اور چھوٹی بہن منی ہے۔ میں اسلم ہوں خدا کی قسم میں اسلم ہوں" اتنا کہہ کر اسلم رونے لگا۔

پھر تمہارا چہرہ اور رنگ کیسے تبدیل ہو گیا۔ اس کی

امی نے پوچھا۔

اسلم سناٹے میں آگیا۔ جن کی بات بتا نہیں سکتا تھا۔ اچانک اُسے ایک کہانی یاد آگئی جو اُس نے ایک کتاب میں پڑھی تھی اُس نے وہی کہانی بتانا مناسب سمجھا۔ اُس نے اپنی سوتیلی ماں سے کہا۔

"امی، میں جب گڈو اور منی کے اسکول پہنچا تو مجھے چپراسی نے بتایا کہ رکشے والا آیا تھا اور گڈو منی کو لے کر چلا گیا۔ میں نے کیونکہ صبح سے کچھ نہیں کھایا تھا اور روٹی کا ڈبہ لے جانا بھی بھول گیا تھا اس لیے مجھے بہت کمزوری محسوس ہو رہی تھی۔ گڈو منی کے اسکول سے اپنے اسکول اور اپنے اسکول سے ان کے اسکول میں آنے جانے میں بہت تھک گیا۔ جب میں گھر واپس آرہا تھا تو ایک املی کے درخت کے پاس مجھے چکر آیا میں زمین پر گر پڑا اور تھوڑی ہی دیر میں سو گیا۔ میں نے خواب دیکھا کہ ایک نہایت ہی خوبصورت پری مجھے دیکھ کر نیچے اتری اور میرے پاس آئی مجھ سے کہا "کیوں اسلم تو اتنا اداس کیوں ہے؟ میں نے پری سے کہا "پری باجی میری شکل بہت بھیانک اور بری ہے۔ سب لوگ مجھے دیکھ کر ہنستے ہیں اور مجھ سے نفرت کرتے ہیں۔ میرا مذاق اڑاتے ہیں اسی لیے میں اداس

ہوں۔ مہربانی کرکے مجھے خوبصورت بنا دو"

اُس پری کو مجھ پر رحم آیا۔ اس کے ہاتھ میں ایک ڈنڈا تھا۔ اُس ڈنڈے کو اُس نے میرے جسم پر پھیرا اور چلی گئی اُسی وقت میری آنکھ کھل گئی۔ میں نے جلدی سے بستہ اُٹھایا اور گھر چلا آیا۔ بس راستے میں یہی واقعہ میرے ساتھ ہوا" اتنا کہہ کر اسلم خاموش ہوگیا۔

اس کے ابو نے کہا "یہ کیسے ممکن ہے کہ کوئی پری خواب میں دکھائی دے اور آدمی کی شکل وصورت تبدیل ہوجائے۔ نہیں یہ سب کچھ واہیات ہے۔ من گھڑت کہانی ہے۔ اب بیچ بیچ بتا دو کہ تم کون ہو اور تم کو کس نے یہاں بھیجا ہے اور ہمارا بیٹا اسلم کہاں ہے؟

ابو یقین کرو میں ہی اسلم ہوں۔ آپ کا بیٹا اسلم۔

یہ سن کر اس کے ابو کو غصہ آگیا انھوں نے ایک زوردار طمانچہ اس کے گال پر مارا اور کہا "جھوٹ بولتا ہے تو۔ تو اسلم ہو ہی نہیں سکتا۔ ضرور کسی نے سازش کی ہے اور تجھے اسلم کی جگہ یہاں بھیج دیا ہے تاکہ اسلم کے نانا کی چھوڑی ہوئی دس ایکڑ زمین تجھے مل جائے۔ جسے وہ اپنی وصیت میں اسلم کو دینے کے لیے لکھ گئے ہیں۔ سولہ سال کی عمر میں اس کی رجسٹری اسلم کے نام سے ہونے والی ہے۔

مجھے اِس سازش میں اسلم کے ماموں شیر علی کا ہاتھ نظر آتا ہے ۔ شیر علی کو پہچانتا ہے تو ؟

ہاں ۔ وہ میرے ماموں ہیں جو دھامن گاؤں میں رہتے ہیں ۔

انھوں نے ہی تجھے یہاں بھیجا ہے ؟

نہیں ! میں تو ان سے ملا بھی نہیں ہوں ۔ گذشتہ سال عید میں اُن سے ملاقات ہوئی تھی تب سے میں نے اُنھیں دیکھا تک نہیں ہے ۔ ابو میں سچ کہتا ہوں مَیں اسلم ہوں ۔ آپ کا بیٹا اسلم ۔

"تو ایسے نہیں مانے گا" اس کے ابو نے جلا کر کہا ۔ "میں تجھے پولس کے حوالے کر دوں گا، تب ہی تو سب کچھ صحیح صحیح بتائے گا کہ تو دراصل کون ہے ۔ اسلم کہاں ہے اور تجھے یہاں کس نے بھیجا ہے ۔ چل میرے ساتھ"

اتنا کہہ کر اُس کے ابو نے اس کی کلائی پکڑ لی اور کھینچتے ہوئے اُسے باہر لے چلے ۔ اسلم نے چلا کر کہا ...... امی مجھے بچا لیجئے ۔ مجھے بچا لیجئے ۔ میں ہی اسلم ہوں ۔ گڈو روک لے ابو کو ۔ میں سچ کہتا ہوں کہ میں ہی اسلم ہوں ۔

لیکن اس کی چیخ و پکار اور رونے چلانے کا اُن پر کچھ

اثر نہ ہوا اس کے ابو اسے کھینچتے ہوئے لے چلے۔

محلے کے لوگوں نے بھی بچے کو لے جاتے ہوئے دیکھا تو وہ حیران ہو کر ایک دوسرے سے پوچھنے لگے کہ آخر ماجرا کیا ہے؟ لیکن اصلیت کا کسی کو پتہ نہیں تھا، اسلم راستے بھر روتا رہا چینختا رہا اور کہتا رہا کہ وہی اسلم ہے لیکن اُس کے ابو پر اُس کا کچھ اثر نہیں ہوا۔ اُنہیں کچھ رحم نہ آیا۔ اسی طرح اسے کھینچتے ہوئے وہ پولس اسٹیشن پہنچے۔ پولس انسپکٹر کے سامنے اُسے لے جا کر پیش کیا اور کہا "صاحب یہ لڑکا آج شام ہمارے گھر میں آیا اور کہتا ہے کہ یہ لڑکا ہمارا اسلم ہے جبکہ اس کی شکل و صورت ہمارے بیٹے سے بالکل نہیں ملتی۔ پھر اسلم کے ابو نے اپنی جیب سے فوٹو نکالی اور پولس انسپکٹر کو اسلم کی تصویر دکھا کر کہا کہ یہ ہمارا بیٹا اسلم ہے اور یہ لڑکا کہہ رہا ہے کہ یہ اسلم ہے۔ ہمارا بیٹا بھی ابھی تک اسکول سے واپس نہیں آیا ہے جبکہ اُس نے جو کپڑے اور چپل پہنے ہیں وہ بھی ہمارے بیٹے اسلم کی ہے اور بستہ جو گھر لایا ہے وہ بھی اسلم کا ہے۔ مجھے لگتا ہے کوئی گہری سازش ہے جو اسلم کو ملنے والی جائداد کو حاصل کرنے کے لیے کی گئی ہے۔"

اسلم وہاں کھڑا روتا رہا اور کہتا رہا کہ وہی اسلم ہے

لیکن اس کی بات پر یقین کرنے والا کوئی نہیں تھا۔

انسپکٹر نے غور سے فوٹو دیکھی لیکن فوٹو اور اسلم میں کوئی مشابہت نہیں تھی۔ اُس نے شاکر علی سے پوچھا "آپ کو کس پر شک ہے ؟

شک تو کسی پر نہیں ہے ہاں مجھے ایسا لگتا ہے کہ کسی نے ہمارے بیٹے اسلم کو مار ڈالا ہے اور اُس کے کپڑے، چپل اور بستہ دے کر اور اس کے حالات بتا کر اس لڑکے کو ہمارے گھر بھیج دیا ہے تاکہ اسلم کے نانا کی چھوڑی ہوئی جائداد اس لڑکے کو مل سکے۔

آپ لوگوں کے علاوہ اسلم کے اور کون رشتے دار ہیں ؟

اسلم کا ایک ماموں ہے شیر علی جو دھامن گاؤں میں رہتا ہے۔ لیکن اس کا ہمارے گھر آنا جانا نہیں ہے۔

اگر اسلم ختم ہو جائے، گم ہو جائے تو اس کی جائداد کسے ملے گی، انسپکٹر نے پوچھا۔

یقینی طور پر شیر علی کو ہی ملے گی۔ کیونکہ وہی وارث ہے۔

"اچھا ٹھیک ہے" انسپکٹر نے شاکر علی سے کہا" ہم تحقیقات کرتے ہیں انسپکٹر نے ہاتھ ملایا اور ان کو رخصت کیا۔ رپورٹ رجسٹر میں لکھی اور شاکر علی سے فوٹو لے کر

اپنے پاس رکھ لی۔

شاکر علی کے جانے کے بعد انسپکٹر نے اسلم سے پوچھا "ہاں بیٹے۔ دیکھو گھبرانا نہیں، سب کچھ بالکل سچ سچ بتا دینا، ہم کچھ نہیں کریں گے۔ ہاں بتاؤ کیا نام ہے تمہارا؟

اسلم۔

تمہارے والد کا کیا نام ہے؟

شاکر علی

تمہارے کتنے بھائی بہن ہیں؟

میرا سگا بھائی بہن کوئی نہیں ہے۔ ایک سوتیلا بھائی اور ایک سوتیلی بہن ہے۔ کیا نام ہیں ان کے؟

بھائی کا نام اعجاز ہے سب اُسے گڈو کہتے ہیں، بہن کا نام فرحت ہے لیکن سب اُسے منی کہتے ہیں۔

اچھا یہ بتاؤ کہ تم نے کچھ کھانا وغیرہ کھایا ہے یا نہیں؟

انسپکٹر کی اس بات کو سن کر پھر آنسو اس کی آنکھوں سے بہنے لگے اُس نے روتے ہوئے کہا "نہیں سر میں نے صبح سے کچھ نہیں کھایا ہے۔

اچھا۔ اچھا۔ رونا نہیں۔ اچھے بچے نہیں روتے ہمت سے کام لو۔

پھر انسپکٹر نے ایک سپاہی کو آواز دی ، وہ آیا تو اُس سے کہا کہ بچے کے کھانے کے لیے کچھ لے کر آؤ۔ یہ صبح سے بھوکا ہے ۔

انسپکٹر نے دس روپے کا ایک نوٹ سپاہی کو دیا اور وہ چلا گیا۔ پھر اُسے ایک کمرے میں بٹھا دیا گیا۔

تھوڑی دیر میں سپاہی بریڈ، دودھ اور انڈے کا آملیٹ لے کر آیا۔ اسلم نے باہر جا کر منہ ہاتھ دھویا اور اطمینان سے بیٹھ کر کھانے لگا۔ بھوک بہت زور کی لگی ہوئی تھی اُس نے سپاہی کی لائی ہوئی تمام چیزیں کھالیں ۔ پانی پیا تو اُس کی جان میں جان آئی ۔ توانائی پیدا ہوئی ۔

اسلم کے کھا لینے کے بعد تھوڑی دیر بعد انسپکٹر اُس کے پاس آیا اور کہا ۔ ''تم نے کھانا کھا لیا ۔

جی ہاں سر ۔

اور کوئی تکلیف ؟

جی نہیں سر۔

اچھا اب دیکھو نہایت ایمانداری کے ساتھ یہ بتا دو کہ تم دراصل کون ہو اور کس نے تم کو شاکر علی کے گھر بھیجا ہے اور اُن کا مقصد کیا ہے ؟

اسلم نے کہا " انسپکٹر صاحب میں خدا کی قسم کھا کر
کہتا ہوں کہ میں ہی اسلم ہوں ، شاکر علی میرے والد
ہیں ۔ مجھے کسی نے نہیں بھیجا ہے بلکہ میں اپنے ہی گھر
میں آیا ہوں ۔

پھر تمہاری شکل اور رنگت کیسے تبدیل ہوگئی ؟

صاحب ! میں خود حیران ہوں کہ بس خواب دیکھ کر ہی
میری حالت کیسے تبدیل ہوگئ ۔

خواب ؟ کونسا خواب ؟

صاحب میں نے خواب میں ایک پری دیکھی اور
اُسے اپنی بدصورتی کے متعلق بتایا اُسے میری حالت پر رحم
آیا اور ترس کھا کر اُس نے اپنے جادو کے ڈنڈے سے
مجھے خوبصورت بنا دیا اور میری آنکھ کھل گئ اس واقعہ کے
بعد سے میری شکل وصورت تبدیل ہوگئی ہے لیکن افسوس
کوئی اس پر یقین نہیں کر رہا ہے ۔ اور اسی کی وجہ سے میں
گھر سے بے گھر ہوگیا ۔ مجھے پولس اسٹیشن آنا پڑا ۔

انسپکٹر نے ہر طریقے سے اُس سے پوچھ کر دیکھ لیا
لیکن اس نے ان باتوں کے علاوہ اور کوئی بات نہیں بتائی ۔

جب انسپکٹر نے دیکھا کہ وہ کسی صورت اپنی بات تبدیل کرتا
نظر نہیں آتا تو اُس کو اُس کے حال پر چھوڑ کر اپنی کرسی

پر آکر بیٹھ گیا۔ کچھ دیر تک وہ کچھ سوچتا رہا پھر اُس نے کانسٹیبل کو بُلا کر کہا کہ رات کو لڑکے کو اچھی طرح کھانا کھلا دینا اور اسی کمرے میں اُس کے سونے کا بندوبست کر دینا اور خبردار اُس سے کچھ پوچھنا نہیں اور نہ ہی اُسے ہاتھ لگانا بس اس پر نظر رکھنا کہ لڑکا کیا کرتا ہے! صبح پھر اُسے دیکھیں گے۔

رات میں دس بجے کے قریب شاکر علی پھر پولس سٹیشن آئے اور انسپکٹر سے اپنے اصلی بیٹے کے متعلق پوچھنے لگے۔

انسپکٹر نے کہا "ہم نے اُس لڑکے سے ہر طریقے سے پوچھ کر دیکھ لیا ہے ابھی کوئی خاص بات تو معلوم نہیں ہوسکی ہے کل صبح دیکھیں گے اور تمہارے بیٹے کا حلیہ بھی میں نے تمام پولس اسٹیشنوں کو بھیج دیا ہے۔ اگر وہ کہیں ملا تو آپ کو خبر کر دی جائے گی۔

شاکر علی وہاں سے اُٹھ کر اپنے گھر چلے آئے۔

اسلم کے نہ ہونے سے آج اسلم کی سوتیلی امی کو سب کام خود ہی کرنے پڑے پھر اپنے بچوں سے کروانے پڑے۔ اسلم کی ایک دن کی غیر حاضری سے اُن سب کو اسلم کی اہمیت کا اندازہ ہوگیا۔ رات کا کام تو کسی نہ کسی طرح ہوگیا تھا لیکن کل صبح اُٹھ کر اُنہیں اور بہت سارے کام

کرنے تھے جو اکیلا اسلم کر دیا کرتا تھا۔

رات میں سپاہی نے ہوٹل سے لاکر کھانا کھلا دیا اور ایک کوٹھری میں سونے کو شطرنجی اور کمبل دے دیا۔ کھانا کھا لینے کے بعد اسلم نے شطرنجی بچھائی اور آرام سے لیٹ گیا۔ لیٹے لیٹے سوچنے لگا کہ آج کا دن کتنا عجیب و غریب گذرا۔ بوتل کے جن نے جہاں اس کی بدصورتی کو ختم کیا وہیں اُس کے ماں باپ بھی اس سے چھوٹ گئے۔ حوالات کی ہوا کھانی پڑی۔ وہ تو اچھا ہوا کہ انسپکٹر اچھا آدمی ہے کوئی سخت مزاج آدمی ہوتا تو مار مار کر بھر کس نکال دیتا۔ اگر خوف میں صحیح بات اس کے منہ سے نکل جائے تو جن اُسے اور بھی بدصورت اور بھیانک بنا دے گا۔ یہی سب باتیں سوچتے سوچتے اُسے نیند آگئی اور وہ بے خبر سو گیا۔ دن بھر کا تھکا ہوا تھا اس لیے آرام سے سوتا رہا۔ سپاہی برابر اس کی نگرانی کر رہے تھے لیکن کوئی شک کی بات نظر نہیں آئی۔

حسبِ معمول صبح پانچ بجے اسلم جاگ اٹھا۔ سپاہی بھی جاگ رہے تھے، اُس کے کہنے پر سپاہیوں نے اُسے باہر نکالا، منہ ہاتھ دھو کر اُس نے فجر کی نماز ادا کی اور پھر اپنی کوٹھری میں جا کر بیٹھ گیا۔ اسلم کی نیکی اور معصوم چہرے کی وجہ سے سپاہی بھی اس کے ساتھ ہمدردانہ

سلوک کر رہے تھے اس کی چائے پانی وغیرہ کا اچھا انتظام ہو گیا تھا۔

صبح نو بجے انسپکٹر آیا تو اُسے اپنے آفس میں طلب کیا اور اسلم کے آنے کے بعد اُسے ایک کرسی پر بیٹھنے کا اشارہ کیا جب وہ بیٹھ گیا تو انسپکٹر نے اُس سے کہا "کیوں بیٹے اسلم ۔ نیند وغیرہ تو ٹھیک سے آئی ۔

جی ہاں جناب مجھے کوئی تکلیف نہیں ہوئی ۔

اچھا ایک بات بتاؤ کہ تمہاری سوتیلی ماں اور تمہارے والد کا تمہارے ساتھ سلوک کیا تھا ؟

سر وہ لوگ جو کچھ میرے لیے کر سکتے تھے اُنھوں نے میرے لیے کیا پھر بھی مجھے اپنے گھر میں اتنا آرام نہیں تھا جتنا میرے بھائی بہن کو حاصل ہے ۔ شاید بڑا ہونے کی وجہ سے مجھے کچھ زیادہ ہی کام کرنا پڑتا ہے ۔

تمہاری سوتیلی ماں تمہیں مارتی پیٹتی بھی تھی ؟

جی ہاں سر، مجھ سے کوئی غلطی ہو جائے ، نقصان ہو جائے یا دیر ہو جائے تو مجھے مارتی بھی تھیں لیکن مجھے اُن سے کوئی شکایت نہیں ہے کیونکہ میرے ساتھ جو کچھ ہونا چاہیے تھا وہ تو ہو کر ہی رہتا ۔

اچھا یہ بتاؤ کہ سفیر علی کا تمہارے ساتھ کیسا

سلوک ہوتا تھا ؟

اُنہیں بھی مجھ سے کوئی ہمدردی یا محبت نہیں ہے بلکہ وہ بھی مجھ سے بے حد نفرت کرتے ہیں ۔

کیوں ؟

شاید اس لیے کہ مجھے جو دس ایکٹر زمین ملنے والی ہے ، میں نہ ہوتا تو وہ اُنہیں کے پاس رہتی ۔

اچھا اب یہ بتاؤ کہ اسلم کہاں ہے ؟

کون اسلم ؟ اسلم تو میں ہی ہوں ۔

نہیں میں اس اسلم کی بات نہیں کر رہا ہوں ۔ فوٹو والے اسلم کی بات کر رہا ہوں ۔

اچھا وہ اسلم ۔ وہ تو پری کی جادو کی چھڑی سے غائب ہو گیا اور اس کی جگہ یہ نیا اسلم ہے جو آپ کے سامنے بیٹھا ہوا ہے ۔

اچھا ٹھیک ہے ، ابھی ہم تم کو تمہارے اسکول لے کر جائیں گے اور دیکھیں گے کہ وہ تم کو کتنا پہچانتے ہیں اور کتنا تم اُن کو پہچانتے ہو ۔

جی سر میں تیار ہوں ۔

یعنی پوری تیاری کر کے آئے ہو ۔

نہیں سر میں اپنے اساتذہ اور ساتھیوں کے متعلق

آپ کو تفصیل سے بتاؤں گا اور تب آپ کو یقین آجائے گا کہ اسلم میں ہی ہوں ۔

اچھا تمہارا اسکول کتنے بجے شروع ہوتا ہے ؟

9 . 50 پر اسمبلی ہوتی ہے اور دس بجے کلاس شروع ہوتا ہے ۔ پہلا پیریڈ حمید سر لیتے ہیں انگریزی کا دوسرا پیریڈ کمال سر کا ہوتا ہے حساب کا اور تیسرا ۔

ٹھیک ہے ، ٹھیک ہے ۔ اتنا ہی کافی ہے باقی اسکول چل کر دیکھیں گے ۔ یونے دس بج گئے ہیں ۔ ذرا چائے وغیرہ پی لیں تو اسکول چلیں ۔

اُسی وقت سپاہی کو بھیج کر انسپکٹر نے جائے منگوائی ۔ خود بھی اسلم کو بھی پلائی ۔ اس طرح دس بج گئے ۔ جائے پی لینے کے بعد وہ باہر آئے ۔ دو سپاہیوں کے ساتھ اسلم کو جیپ گاڑی میں بٹھا دیا گیا ! انسپکٹر خود سامنے بیٹھ گیا اور جیب گاڑی اسکول کی جانب روانہ ہوئی ۔

دس بج کر دس منٹ پر وہ اسکول پہنچ گئے ۔ انسپکٹر نے اسکول کے کمپاؤنڈ سے دس پندرہ گز کی دوری پر جیپ رکوائی ۔ ایک سپاہی کو ساتھ لے کر نیچے اترا اور دوسرے سپاہی کے ساتھ اسلم کو بیٹھنے کو کہا۔ ساتھ ہی یہ بھی کہا کہ میں بلواؤں گا تب لڑکے کو لے کر آنا۔ اتنا کہہ کر وہ

اسکول کی طرف بڑھا۔ اسکول میں داخل ہوا اور سیدھا ہیڈ ماسٹر کے آفس میں پہنچا۔

ہیڈ ماسٹر صاحب انسپکٹر کو دیکھ کر اپنی کرسی سے اٹھ کھڑے ہوئے ہاتھ ملایا اور کرسی پر بیٹھنے کو کہا۔ جب انسپکٹر کرسی پر بیٹھ گیا تو ہیڈ ماسٹر نے کہا ''کہیے انسپکٹر صاحب آپ نے کیسے زحمت کی ؟

میں ایک لڑکے کے متعلق معلومات حاصل کرنے آیا ہوں ، ہشتم جماعت کا طالب علم ہے ۔ محمد اسلم ولد شاکر علی ۔

جی اچھا میں ان کے کلاس ٹیچر کو بلواتا ہوں ۔

ہیڈ ماسٹر نے گھنٹی بجائ چپراسی آیا تو اُس سے کہا کہ حمید صاحب کو بلاکر لاؤ ۔

تھوڑی دیر میں حمید صاحب آفس میں آگئے۔ اُنھیں ہیڈ ماسٹر نے انسپکٹر صاحب کی آمد کا مقصد بتایا تو حمید صاحب نے کہا ۔

اسلم پڑھنے لکھنے میں بہت ہوشیار ہے ۔ فرمانبردار بھی ہے ۔ اسکول بھی باقاعدہ آتا ہے ۔ آج اتفاق سے نہیں آیا۔

اس کی کوئی خاص بات یا کوئی خاص عادت ؟ انسپکٹر

نے پوچھا:

جی نہیں ایسی تو کوئی خاص عادت اُس میں نہیں ہے ، کوئی عیب بھی اُس میں نہیں ہے ہاں ایک بات ہے کہ اس کی صورت عجیب بے ڈھنگی سے ہے جس کی وجہ سے اکثر لڑکے اُسے ستاتے رہتے ہیں اور وہ احساس کمتری کا شکار ہوجاتا ہے لیکن صاحب وہ پڑھائی کے معاملے میں کافی آگے ہے۔

انسپکٹر صاحب نے وہ فوٹو جیب سے نکالی جو اسلم کے والد اُنھیں دے کر گئے تھے حمید صاحب کو فوٹو دکھا کر انھوں نے پوچھا کہ اس تصویر میں اسلم کون سے ہے؟

حمید صاحب نے فوراً اسلم کی تصویر پر انگلی رکھ دی۔

ہیڈ ماسٹر صاحب نے بھی اُن کی تائید کی کیونکہ وہ دو سال سے اسکول میں سب سے زیادہ نمبر لے رہا تھا اسی لیے تمام اساتذہ بخوبی پہچانتے ہیں۔

حمید صاحب سے انسپکٹر نے کہا، اچھا اب آپ جا سکتے ہیں۔

جب وہ چلے گئے تو ہیڈ ماسٹر نے انسپکٹر سے پوچھا "انسپکٹر صاحب آخر معاملہ کیا ہے؟

بات دراصل یہ ہے کہ یہ لڑکا محمد اسلم کل اسکول

کی چھٹی کے بعد سے گھر نہیں پہنچا ہے اس کی جگہ نیا
لڑکا شاکر علی کے گھر پہنچ گیا ہے اور وہ نیا لڑکا خود
کو اسلم کہہ رہا ہے اُس کے ماں باپ بھائی بہن کوئی
ماننے کو تیار نہیں ہے کہ وہ اسلم ہے ۔ لیکن وہ نیا
لڑکا جتنی بھی باتیں بتا رہا ہے بالکل صحیح صحیح بتا رہا ہے ۔
اس کی صورت اور اس فوٹو والے اسلم کی صورت میں
زمین و آسمان کا فرق ہے ۔ اس کا کہنا ہے کہ خواب میں
ایک پری نے اس کی صورت میں تبدیلی کر دی اور اُسے
بدصورت سے خوبصورت بنا دی ہے ۔

ابھی وہ نیا لڑکا کہاں ہے ؟ ہیڈ ماسٹر نے
پوچھا :

اُسے ابھی بلواتا ہوں ۔ اتنا کہہ کر انھوں نے باہر کھڑے
ہوئے سپاہی سے کہا کہ لڑکے کو لے کر آجائے ۔ وہ گیا اور
تھوڑی دیر بعد اس کے ساتھ اسلم آفس میں داخل ہوا ۔
اسلم نے ہیڈ ماسٹر صاحب کو سلام کیا ۔

ہیڈ ماسٹر صاحب نے سلام کا جواب دیا اور اُسے
دیکھتے کے دیکھتے رہ گئے کیونکہ ایسا خوبصورت اور صحت مند
لڑکا ان کے اسکول میں ایک بھی نہیں تھا ۔

اسلم نے ہیڈ ماسٹر صاحب سے کہا ۔ "سر آپ نے

مجھے پہچانا نہیں میں اسلم ہوں ۔

ہاں میں نے نہیں پہچان لیا کہ تم اسلم نہیں ہو ۔

سر میں ہی اسلم ہوں ۔ آپ کو یاد ہے گذشتہ سال میں نے پورے اسکول میں سب سے زیادہ نمبر لیے تھے تو آپ نے اپنی جانب سے ایک خوبصورت پین مجھے انعام کے طور پر دیا تھا وہ اب بھی میری پیٹی میں رکھا ہوا ہے اور کل میں دیرے سے آیا تھا تو آپ نے مجھے سزا بھی دی تھی ۔

یہ باتیں سُن کر ہیڈ ماسٹر صاحب حیران رہ گئے اتھوں نے انسپکٹر صاحب سے کہا ۔ صاحب یہ لڑکا جو کچھ کہہ رہا ہے بالکل صحیح کہہ رہا ہے لیکن میں قسم کھا کر کہہ سکتا ہوں کہ آج سے پہلے میں نے اس لڑکے کو کبھی دیکھا تک نہیں ہے ۔

سر میں ہی اسلم ہوں ۔ آپ جو کچھ بھی میرے متعلق پوچھیے میں بتانے کو تیار ہوں کیوں کہ میں ،ہی اسلم ہوں ۔ اتنا کہہ کر اسلم کی آنکھیں آنسوؤں سے بھیک گئیں ۔

اِسے لے کر ذرا کلاس میں چلتے ہیں ۔ انسپکٹر نے ہیڈ ماسٹر سے کہا ۔

"ٹھیک ہے چلیے۔

انسپکٹر صاحب، ہیڈ ماسٹر اور اسلم تینوں ہشتم جماعت میں پہنچے۔ اُنھیں دیکھ کر تمام بچے احترام سے کھڑے ہو گئے۔ ہیڈ ماسٹر نے تمام بچوں کو بیٹھنے کا اشارہ کیا۔ جب تمام بچے بیٹھ گئے تو ہیڈ ماسٹر نے کہا "تم میں سے کوئی لڑکا اس بچے کو پہچانتا ہے؟

تمام لڑکے حیران ہو کر ایک دوسرے کی صورت دیکھنے لگے کلاس کا ایک لڑکا بھی اُسے پہچان نہیں سکا۔

پھر انسپکٹر نے اسلم سے پوچھا کہ تم ان لڑکوں کو پہچانتے ہو؟

جی ہاں سر ہر ایک کو اچھی طرح پہچانتا ہوں۔ کیسے تو ہر ایک کا نام لے کر آپ کو بتا دوں۔

اچھا یہ بتاؤ کہ اس کلاس کا مانیٹر کون ہے؟

اس کلاس کا مانیٹر جاوید ندیم ہے۔ یہ پہلے بنچ پر بیٹھا ہوا ہے، فٹ بال کا اچھا کھلاڑی ہے لیکن انگریزی اور حساب میں بہت کمزور ہے۔

اسلم کے منہ سے یہ باتیں سن کر تمام لڑکے حیران رہ گئے خود حمید صاحب بھی ششدر رہ گئے کیونکہ اسلم نے جتنی باتیں بتائی تھیں بالکل سچ تھیں۔

اچھا یہ بتاؤ تم کہاں بیٹھتے تھے ۔

سَر میں اُس کھڑکی کے پاس تیسری بینچ پر امجد اور سہیل کے بیچ میں بیٹھتا ہوں ۔ وہ ہے میری خالی جگہ ۔ اسلم نے اشارہ سے بتایا ۔

سب لڑکوں پر حیرتوں کے پہاڑ ٹوٹ رہے تھے ۔ اس طرح ایک ایک کرکے اسلم نے اپنے تمام ساتھیوں کے نام اور اساتذہ کے نام بتا دئیے ۔ ہیڈ ماسٹر اور کلاس ٹیچر نے اس بات کا اعتراف کیا کہ یہ لڑکا جو کچھ کہہ رہا ہے بالکل صحیح کہہ رہا ہے ۔ اُس کے بعد ہیڈ ماسٹر نے نے لڑکوں کو بتایا کہ یہ لڑکا جو تمہارے سامنے کھڑا ہے تمہارا ساتھی اسلم ہے ۔

یہ بات سُن کر تمام لڑکے تعجب میں پڑ گئے ۔ کچھ لڑکوں نے کہا نہیں سَر یہ اسلم نہیں ہے ۔ یہ اسلم ہو ہی نہیں سکتا ۔ کہاں وہ بدصورت لڑکا اور کہاں یہ خوبصورت اور وجیہہ نوجوان ۔ اسلم میں اور اس میں زمین و آسمان کا فرق ہے ۔

اسلم نے سہیل کو مخاطب کرکے کہا "سہیل تم کو یاد ہے کل میں روٹی کا ڈبہ نہیں لایا تھا اور تم نے مجھے اپنے ساتھ مل کر کھانے کی دعوت دی تھی ۔ میں

ہاتھ چھڑا کر باغ کی طرف بھاگ گیا تھا۔

ہاں اسلم نے کل یہی کہا تھا جو تم کہہ رہے ہو لیکن تم اسلم نہیں ہو۔

میں اسلم ہی ہوں سہیل۔ میرے دوست میری بات کا یقین کرو۔ اچھا کل تم مجھ سے مانگ کر میری حساب کی کاپی لے گئے بولو وہ کاپی ابھی تمہارے پاس ہے کہ نہیں؟

ہاں وہ کاپی میرے پاس ہی ہے اور وہ کاپی بھی تم نے نہیں اسلم نے دی تھی اور تم اسلم نہیں ہو۔

میں اسلم ہی ہوں میرے دوست! میں تم لوگوں کو کیسے یقین دلاؤں کہ خواب میں ایک پری نے میری شکل و صورت تبدیل کر دی اور اب، مجھے کوئی پہچان نہیں رہا ہے جبکہ میں ہر ایک کو پہچان رہا ہوں۔

اسلم کی حساب کی کاپی تمہارے پاس ہے سہیل؟

ہیڈ ماسٹر صاحب نے سہیل سے پوچھا۔

یس سر۔

یہاں لے کر آؤ۔

سہیل نے وہ کاپی ہیڈ ماسٹر صاحب کو دی۔ ہیڈ ماسٹر صاحب نے وہ کاپی الٹ پلٹ کر دیکھی آخری صفحہ پر لکھے ہوئے سوال کی طرف اشارہ کرکے انہوں نے اسلم

سے کہا ’’ کیا تم اس سوال کو حل کر سکتے ہو ؟

جی ہاں سر ، الجبرا کا یہ سوال میں آسانی سے حل کر سکتا ہوں ۔

ہیڈ ماسٹر صاحب نے رقم تبدیل کرکے سوال بلیک بورڈ پر لکھ دیا اور اسلم سے کہا اچھا اس سوال کو حل کرو ۔

اسلم نے چاک لیا اور ایک منٹ میں اس کا صحیح جواب بلیک بورڈ پر لکھ دیا۔ ہیڈ ماسٹر نے اُسے شاباش دی اور کہا ، تمہارا جواب بالکل صحیح ہے ، پھر بھی ہمیں یہ کہتے ہوئے افسوس ہو رہا ہے کہ تم اسلم نہیں ہو ۔

تمام لڑکے حیران تھے کہ جادو کی کہانیوں کی بات حقیقت کیسے ہو گئی ۔

ہیڈ ماسٹر اور انسپکٹر صاحب اسلم کو لے کر کلاس سے چلے آئے ۔ انسپکٹر نے ہیڈ ماسٹر سے رخصت لی اور جیپ میں آکر بیٹھ گیا ۔

انسپکٹر کو سروس کرتے ہوئے دس سال ہو چکے تھے لیکن ایسا عجیب و غریب کیس نہ تو اُس نے کبھی خود حل کیا اور نہ کبھی سُنا ۔ یہ اپنی نوعیت کا پہلا کیس تھا اس لیے وہ اس میں خاص طور سے دلچسپی بھی لے رہا تھا ۔ اس

کے علاوہ اسلم کے بھولے بھالے معصوم چہرے اور دلکش شخصیت کی وجہ سے بھی وہ اسلم کا ہمدرد بن گیا تھا۔ انسپکٹر نے جیپ اس راستے پر موڑنے کو کہا جہاں اسلم کو نیند آئی تھی اور خواب میں پری دکھائی دی تھی۔ وہ اُس جگہ کو بھی دیکھنا چاہتا تھا۔ اسلم کی رہنمائی میں جیپ وہاں پہنچ گئی جہاں اسلم کو جن ملا تھا۔ انسپکٹر نے جیپ رکوائی اور اُتر کر باہر آیا۔ املی کے درخت کے پاس کے گڑھے میں مزدور موجود تھے جو گڑھا کھود رہے تھے اُس نے آس پاس کی چیزوں کو غور سے دیکھا وہیں ایک جگہ بوتل کے کچھ ٹکڑے پڑے ہوئے تھے اور بہت سے ٹکڑے گڑھے سے نکلی ہوئی مٹی میں دب گئے تھے۔ انسپکٹر نے بوتل کا ایک ٹکڑا اٹھایا۔ اُسے الٹ پلٹ کر دیکھا پھر اُسے پھینک دیا اسلم کو جیپ میں بٹھایا اور پولس اسٹیشن واپس چلا آیا۔

ان سب کاموں میں ایک بج چکا تھا۔ انسپکٹر نے اسلم کے کھانے کا انتظام کر دیا۔ مختلف تھانوں میں فون کرکے پوچھا کہ کوئی گمشدہ لڑکا ملا ہے یا نہیں۔ لیکن کسی بھی تھانے سے گمشدہ لڑکے کے ملنے یا آوارہ لڑکے کے پکڑے جانے کی کوئی خبر نہیں ملی۔

پھر انسپکٹر نے شہر کے تمام اخباروں کے آفسوں میں فون کیا اور شام کی پریس کانفرنس طے کر لی تاکہ اس عجیب و غریب کیس کے متعلق لوگوں کو بھی علم ہو جائے ساتھ ہی اخباروں میں اسلم کا فوٹو بھی شائع کر دیا جائے تاکہ اگر یہ لڑکا کسی دوسری جگہ سے یہاں پہنچا ہو تو اس کا سراغ مل سکے ۔

شام کو پریس کانفرنس میں تمام بڑے اخباروں کے نمائندے شامل ہوئے ۔ اس کانفرنس میں انسپکٹر نے اسلم کے والدٔ ہیڈ ماسٹر صاحب اور اُن کے کلاس ٹیچر حمید صاحب کو بھی بلوایا تھا ۔ اخباروں کے نامہ نگاروں کے سامنے انسپکٹر نے پورے واقعات تفصیل سے بیان کئے۔ اسلم کے والد، اس کے کلاس ٹیچر اور ہیڈ ماسٹر صاحب نے انسپکٹر کی بات کی تصدیق کی کہ اسلم نے ایک بات بھی غلط نہیں کہی لیکن اس بات سے بھی انکار نہیں کیا جا سکتا کہ اسلم اور اس لڑکے میں بال برابر بھی مشابہت نہیں ہے ۔

اخباروں کے نامہ نگاروں نے مختلف طریقے سے اسلم سے سوالات کئے اس نے اپنی شکل کی تبدیلی کے متعلق وہی پہلی والی کہانی بیان کی ۔

دوسرے دن شہر کے تمام اخباروں میں اسلم کی عجیب و

غریب کہانی اس کی تصویر کے ساتھ شائع کی گئی ساتھ ہی عوام سے یہ بھی درخواست کی گئی کہ اِس لڑکے کو کوئی جانتا ہو، کسی نے کہیں دیکھا ہو تو وہ اخبار کو یا پولیس اسٹیشن میں اطلاع دے ۔

اخباروں میں تصویر چھپنے کے دوسرے دن اسلم کا ماموں شیر علی پولیس اسٹیشن پہنچا اور انسپکٹر سے ملاقات کی ۔ اسلم کو اُس کے سامنے لایا گیا تو اسلم نے اُسے فوراً پہچان لیا اور آج سے پہلے کی ملاقات کی پوری تفصیل اس کے سامنے بیان کر دی ۔

شیر علی نے اعتراف کیا کہ اِس لڑکے نے جو کچھ بیان کیا ہے سب کچھ صحیح ہے لیکن میں یہ ماننے کو تیار نہیں ہوں کہ یہ لڑکا اسلم ہے ۔ یہ ضرور کوئی گہری سازش ہے جو اس زمین کو حاصل کرنے کے لیے کی گئی ہے جو میرے والد اسلم کے نام لکھ گئے ہیں ۔ انسپکٹر صاحب یہ اسلم نہیں ہے ۔ اگر یہ اسلم نہیں ہے تو پھر یہ کون ہے ؟ انسپکٹر نے پوچھا اور سازش کرنے والے کون لوگ ہو سکتے ہیں ۔

ایسا تو نہیں ہے انسپکٹر صاحب کہ اسلم صاحب کو کسی نے قید کر کے رکھ لیا ہو اور اس کی تمام باتیں سکھا کر اس لڑکے کو بھیج دیا گیا ہو ۔

ایسا کون لوگ کر سکتے ہیں ؟ انسپکٹر نے پوچھا۔

شاکر علی اور اس کے رشتے دار۔

شاکر علی اگر ایسا کرتا تو بچے کو پولس اسٹیشن میں لانے کی کیا ضرورت تھی۔ اِسے مارنے پیٹنے کی کیا ضرورت تھی بلکہ الٹا وہ تو تم پر شک کر رہا ہے۔

مجھ پر وہ کیا شک کرے گا جو خود زمین کو ہڑپنے کے چکر میں ہے اور میں کہہ دیتا ہوں کہ جب تک اصلی اسلم سامنے نہیں آئے گا زمین میرے پاس ہی رہے گی۔

اصلی اسلم کہاں چھپا ہوا ہے ؟

مجھے کیا معلوم ؟

اچھا ٹھیک ہے شبیر علی۔ ہم معلوم کرنے کی کوشش کریں گے کہ در اصل معاملہ کیا ہے :

اچھا میں چلتا ہوں۔ انسپکٹر صاحب۔ اتنا کہہ کر شبیر علی جانے کے لیے اٹھا تبھی اس کے ذہن میں کوئی بات آئی وہ رُک گیا۔ اُس نے کہا۔

انسپکٹر صاحب کہیں ایسا تو نہیں ہے کہ اسلم مر گیا ہو اور اس کی روح اس لڑکے کے جسم میں داخل ہو گئی ہو۔

اگر ایسا ہوا ہے تو اس لڑکے کی اپنی روح کہاں گئی اور اسلم کی لاش کا پتہ بھی تو چلنا چاہیے۔ اس لڑکے کا بھی کوئی نہ کوئی ہوگا۔ ماں۔ باپ۔ بھائی بہن۔ ابھی تک تو کسی نے اسے پہچانا نہیں ہے۔ سبھی یہ کہتے ہیں کہ یہ اسلم نہیں ہے۔ اگر یہ اسلم نہیں ہے تو پھر یہ کون ہے؟

انسپکٹر صاحب کی بات کا شیر علی نے کچھ جواب نہیں دیا اور وہ وہاں سے اٹھ کر چلا گیا۔

اس طرح یہ بات بھی صاف ہوگئی کہ اگر یہ سازش ہے تو اس سازش میں شیر علی شامل نہیں ہے۔

شام کے وقت اسلم کے والد شاکر علی ایک ایم۔ایل۔اے کو ساتھ لے کر آگئے ان کے ساتھ دو سماجی کارکن بھی تھے انھوں نے انسپکٹر صاحب سے پوچھا کہ ان کے بیٹے اسلم کا کچھ پتہ چلا یا نہیں؟

انسپکٹر نے کہا " ہم نے تمام تھانوں میں اطلاع بھجوا دی ہے لیکن ابھی تک کوئی خبر نہیں ملی ۔

اور اس نئے لڑکے نے کسی کا نام وغیرہ بتایا یا نہیں ؟

نہیں اس نے تو ابھی تک کچھ نہیں بتایا ہے ۔ ویسے ہم ہر طریقے سے دریافت کرنے کی کوشش کر رہے ہیں

POLICE STAT
پولس اسٹیشن

اخبارات میں بھی خبریں چھپوا دی گئی ہیں ۔

ایم ۔ ایل ۔ اے صاحب نے کہا ''انسپکٹر صاحب ۔ آپ اُس لڑکے کے ساتھ بے جا ہمدردی اور مروت کر رہے ہیں ۔ جب تک آپ سختی سے کام نہیں لیں گے حقیقت آپ کے سامنے نہیں آئے گی ۔

دیکھیے صاحب! ہماری تحقیقات کا جو طریقہ ہے ہم اُس سے گذر نہیں کر سکتے ۔ اور سب سے بڑی بات تو یہ ہے کہ ابھی تک اس نے ایک لفظ بھی غلط نہیں کہا ہے وہ ہر اُس شخص کو جانتا ہے جس کا اُس سے کبھی نہ کبھی سابقہ پڑا ہو ۔ اپنی کلاس کے تمام ساتھیوں کے نام اور اساتذہ کے نام اُسے معلوم ہیں ۔ پھر بھی ہم پوری کوشش کر رہے ہیں کہ یہ معمہ جلد از جلد حل ہو جائے ۔

اچھا ہم چلتے ہیں لیکن آپ لڑکے پر ذرا سختی کریں تبھی سچائی سامنے آئے گی اور آپ لوگوں کو سچائی اُگلوانے کے کئی طریقے آتے ہیں ۔

اتنا کہہ کر وہ لوگ چلے گئے ۔ انسپکٹر عجیب الجھن میں پڑ گیا نہ تو بدصورت اسلم کا کچھ پتہ چل رہا تھا اور نہ ہی یہ لڑکا کچھ بتا رہا تھا ۔ اِس کہیں کو انسپکٹر نے ایک معمولی سا کیس سمجھا تھا لیکن وہی جی کا جنجال بن گیا تھا ۔

کسی طرح اس نے دوسرے کام نمٹائے ۔ رات میں تقریباً آٹھ بجے کمشنر صاحب کا ٹیلی فون آیا۔ انہوں نے بھی اسلم کے کیس کی بابت معلومات چاہی ۔ انسپکٹر نے مختصراً تمام حالات بتا دئیے ۔

کمشنر صاحب نے کہا " میرے پاس اوپر کے کچھ لوگوں کی شکایت آئی ہے کہ آپ اس کیس میں نئے لڑکے سے بے جا ہمدردی اور مروت کر رہے ہیں ۔ اس سے ہمارا ڈپارٹمنٹ بدنام ہو سکتا ہے ۔ آپ اُس پر سختی کریں تو وہ خود بخود صیح باتیں اگل دے گا ۔

ٹھیک ہے سر میں کوشش کرتا ہوں ۔ اتنا کہہ کر اُس نے ٹیلی فون رکھ دیا۔ انسپکٹر کو بہت غصہ آیا۔ وہ سمجھ گیا کہ جو ایم ۔ ایل ۔ اے اور سماجی اراکین اس کے پاس آئے تھے انہوں نے ہی کمشنر صاحب سے شکایت کی ہوگی ۔

تھوڑی دیر بعد وہ اس کوٹھڑی میں پہنچا جہاں اسلم کو رکھا گیا تھا ۔ اسلم بستر پر لیٹا ہوا تھا۔ انسپکٹر نے اُسے اٹھایا اور کہا " ہاں بیٹے اب سچ سچ بتا دو کہ تم کون ہو اور تم کو کس کے گھر بھیجا ہے ۔

سر میں سچ کہتا ہوں کہ میں ہی اسلم ہوں ۔ مجھے کسی نے نہیں بھیجا ہے ۔

انسپکٹر نے ایک زوردار طمانچہ اُس کے گال پر مارا ۔ اسلم زمین پر گر پڑا، انسپکٹر نے اس کا گلا پکڑ کر اُسے کھڑا کیا اور کہا ۔ " بتا دے تو کون ہے اور کہاں سے آیا ہے ۔ اسلم نے روتے ہوئے کہا ۔ " سر میں اسلم ہی ہوں ۔

جیسے ہی اسلم کا جملہ پورا ہوا ایک اور طمانچہ اسلم کے گال پر پڑا وہ زمین پر گر پڑا، انسپکٹر نے ایک زوردار گھٹو کر اُسے مار دی وہ تلملا اُٹھا اور بھیانک چیخ اُس کے منہ سے نکل گئی اُس نے کہا " مجھے مت ماریئے صاحب ، میں اسلم ہوں ، سچ کہتا ہوں میں ہی اسلم ہوں ۔

انسپکٹر نے اُس کے بال پکڑ کر اُسے کھڑا کیا اور ایک گھونسہ اُس کے پیٹ پر مارا اور کہا " جب تک تو صحیح صحیح نہیں بتائے گا میں تجھے اِسی طرح مارتا رہوں گا ۔ بتا دے تو کون ہے اور تجھے کس نے بھیجا ہے ؟

اسلم روتا رہا اور اُس کی ہچکیاں بندھ گئیں ۔ انسپکٹر نے دیکھا کہ یہ کسی طرح کچھ بتا ہی نہیں رہا ہے تو اُس نے کہا " ٹھیک ہے آدھے گھنٹے کا وقت تجھے دیتا ہوں ۔ اچھی طرح سوچ لے اور صحیح صحیح سب کچھ بتا دے ورنہ مار مار کر تیری ہڈی پسلی ایک کر دوں گا ۔"

اتنا کہہ کر انسپکٹر اُسے کوٹھڑی میں بند کر کے چلا گیا۔ اسلم کوٹھڑی میں اکیلا رہ گیا۔ اُس کے دونوں گال سُرخ ہو گئے تھے اور پورا چہرہ آنسوؤں سے تَر ہو گیا تھا۔ سِسک سِسک کر روتا ہوا وہ زمین پر بیٹھ گیا اور اُس وقت کو کوسنے لگا جب اُسے جِن مِلا تھا نہ جِن ملتا نہ وہ اُسے خوبصورت بناتا اور نہ ہی یہ آفت آتی۔

آدھے گھنٹے بعد انسپکٹر ایک سپاہی کے ساتھ پھر اس کی کوٹھڑی میں آیا اسلم کو پھر بری طرح مارا پیٹا گیا لیکن اُس نے کچھ نہیں بتایا۔ پریشان ہو کر دونوں اُسے اُس کے حال پر چھوڑ کر باہر آ گئے۔ کوٹھڑی کو بند کر دیا گیا۔ انسپکٹر نے جاتے جاتے کہا کہ صبح میں اگر اُس نے صحیح صحیح نہیں بتایا تو پھر اس کی پٹائی ہوگی۔

ان کے جانے کے بعد اسلم اپنے بستر پر آ کر لیٹ گیا۔ اس کا جوڑ جوڑ درد کر رہا تھا۔ بھوک بھی زور کی لگی ہوئی تھی اُسے بڑی حیرت ہو رہی تھی کہ انسپکٹر نے اس کے ساتھ کتنا اچھا سلوک کیا تھا اور ابھی کے ابھی نہ جانے اُسے کیا ہو گیا۔ اُس نے سوچا کہ اگر صبح

میں اُسے پھر ماریں گے اور جن کی بات میں نے اُن
کو بتا دی تو جن مجھے اور بھی بدصورت اور خوفنا ک
بنا دے گا اور میری دو خواہشیں پوری نہیں کرے گا۔
وہ یہی سب سوچتا ہوا لیٹا تھا کہ دروازے کے
سامنے سے ایک سپاہی گزرا۔ وہ دوڑ کر دروازے پر
آیا۔ اُسے بلایا اور کہا " صاحب ایک تیلی دو کان میں
بہت درد ہو رہا ہے ۔ صاحب نے مجھے بہت مارا ہے ۔
سپاہی نے اِدھر اُدھر دیکھا پھر ماچس میں سے
ایک تیلی نکال کر اُسے دے دی اور آگے بڑھ گیا۔ اسلم
نے جلدی سے وہ تیلی شطرنجی کے نیچے چھپا کر رکھ دی ۔
جب سب لوگ سو گئے اور چاروں طرف سناٹا چھا گیا۔
رات کے تقریباً ڈھائی بجے تھے اسلم چپکے سے اُٹھا۔
شطرنجی کے نیچے سے اُس نے تیلی نکالی اور فرش کے
اوپر اُسے رگڑنا شروع کیا۔ تھوڑی سی کوشش سے
تیلی جل اُٹھی ۔ اُس نے جانگھ میں بندھا ہوا بال' جو
اُسے جن نے دیا تھا توڑا اور اُسے جلتی ہوئی تیلی کی
آگ میں ڈال دیا' بال جلنے لگا ۔ ابھی بال پوری طرح جلنے
بھی نہ پایا تھا کہ اُسے سفید سفید گاڑھا دھواں روشن دان
سے کوٹھری میں داخل ہوتا ہوا دکھائی دیا۔ دھواں کرے

میں چکر لگانے لگا اور پھر اس نے شکل اختیار کرنی
شروع کی۔ اس کے سامنے جن قہقہے لگا رہا تھا۔
اسلم نے کہا "جن چاچا آپ یہاں قہقہے لگا رہے
ہیں اور میں مصیبت میں پھنس گیا ہوں۔

بول بچے بچے کیا تکلیف ہے اور تیری دوسری
خواہش کیا ہے؟

جن چاچا، آپ نے مجھے خوبصورت بنا دیا میرا پورا
حلیہ ہی تبدیل کر دیا۔ ادھر میرے ماں باپ، بھائی بہن
مجھے پہچان نہیں رہے ہیں اور پولس والوں نے مار مار کر
میرا حلیہ بگاڑ دیا ہے۔ نہ کھانے کا ٹھکانہ ہے نہ رہنے کا۔

بول بچے تو کیا چاہتا ہے جن نے کہا۔

اسلم نے کہا، جن چاچا مجھے یہاں سے نکال کر
کسی ایسی جگہ لے چلو جہاں میں اچھی طرح رہ سکوں۔
کھانے، پینے، کپڑے لتے کی کوئی تکلیف نہ ہو۔ ہر طرح کا
عیش و آرام مل سکے۔ میں اس زندگی سے تنگ
آچکا ہوں۔

اچھا بچے ہم تیرا انتظام کر دیتے ہیں۔ اتنا کہہ کر
جن غائب ہو گیا۔ تھوڑی دیر بعد اسلم نے دیکھا کہ
روشن دان میں لگی ہوئی سلاخیں جن نے اپنے پنجوں

سے کھینچ کر نکال لیں پھر وہی ہاتھ اندر آیا اور اُس نے اسلم کو اپنے پنجے میں اٹھایا اور نہایت آرام سے روشن دان سے باہر کھینچ لیا اور اُسے زمین پر کھڑا کر دیا۔ اسلم نے دیکھا کہ چاروں طرف اندھیرا پھیلا ہوا تھا۔ ہر چیز خاموش اور ساکت تھی۔ پھر جن زمین پر بیٹھ گیا اور اسلم سے کہا "بچے میری پیٹھ پر چڑھ جا اور مضبوطی سے میری گردن کو اپنے ہاتھوں سے پکڑ لے۔

اسلم نے اُس کی پیٹھ پر چڑھ کر گردن کو دونوں ہاتھوں سے اچھی طرح پکڑ لیا۔ اُسی وقت جن کھڑا ہوا اور پھر ہوا میں اُڑنے لگا۔

کافی اونچائی پر پہنچ کر جن نے ایک سمت آگے بڑھنا شروع کیا۔

اسلم نے پوچھا "جن چاچا مجھے کہاں لئے جا رہے ہو؟

بچے میں تجھے اس ملک سے نکال کر دوسرے ملک میں لے جا رہا ہوں۔ جس کا نام ایران ہے۔ وہاں ایک بہت مالدار آدمی رہتا ہے جس کا ایک ہی لڑکا تھا جسے کچھ غنڈوں نے اغوا کرکے آج سے تین دن پہلے مار ڈالا۔ میں نے تجھے اُسی لڑکے کی شکل وصورت اور جسامت دے دی تھی۔ یہ سمجھ لے کہ رُوح تیری

ہے اور جسم اُسی مالدار آدمی کے لڑکے کا ہے ۔ اُس مالدار آدمی کو معلوم نہیں ہے کہ اُس کا لڑکا مرچکا ہے میں تجھے وہاں چھوڑدوں گا تو وہاں بڑی عیش و آرام کی زندگی بسر کرے گا۔ کروڑوں کی جائداد کا تو اکیلا مالک ہوگا۔

واہ جن چاچا پھر تو مزا آجائے گا لیکن میں اُنھیں پہچانوں گا کس طرح ؟

دیکھ بچے وہاں پہنچ کر تو ایسی حرکت کرنا جیسے تیری یاد داشت کھو چکی ہے اور تو کسی کو نہیں پہچانتا۔ نہ ماں کو نہ باپ کو نہ نوکر کو نہ چاکر کو لیکن وہ سب تجھے پہچانیں گے ۔ بالکل یہاں سے الٹ ہو جائے گا۔ یہاں تو سب کو پہچان رہا تھا لیکن کوئی تجھے نہیں پہچان رہا تھا وہاں سب تجھے پہچان لیں گے لیکن تو کسی کو نہیں پہچان سکے گا لیکن دھیرے دھیرے تو سب کچھ جان جائے گا ۔

اچھا یہ تو ٹھیک ہے لیکن وہاں میرے لیے کوئی خطرہ تو نہیں ہے ایسا تو نہیں کہ جس طرح غنڈوں نے اغوا کرکے ان کو مار ڈالا مجھے بھی مار ڈالیں ؟ اسلم نے کہا ۔

بچے تو گھراتا کیوں ہے۔ میرے شاگرد وہاں موجود رہیں گے جو تیری ہر طرح حفاظت کرتے رہیں گے۔ جب بھی تجھ پر کوئی آفت آئے گی وہ تجھے بچا لیں گے۔

تب تو ٹھیک ہے جن چاچا اپنی تو موج ہو جائے گی۔

ہاں بچے تیرے تو ٹھاٹ رہیں گے ٹھاٹ۔ گھرانا نہیں آں!

نہیں جن چاچا جب آپ میری حفاظت کے لیے رہو گے تو پھر مجھے ڈر کاہے کا؟

تھوڑی دیر بعد جن نیچے اُترا۔ یہ ایک ویران جگہ تھی۔ جن نے اسلم کو نیچے اتار دیا۔ اسلم نے دیکھا کہ رات ختم ہو رہی تھی اور صبح کی سپیدی آہستہ آہستہ نمودار ہو رہی تھی۔

جن نے ایک بوڑھے آدمی کی شکل اختیار کر لی اور پھر اسلم کے جسم پر ہاتھ پھیرا تو اسلم کے کپڑے تبدیل ہو گئے۔ جن نے اسلم کا ہاتھ پکڑا اور آگے بڑھنے لگا۔

دور سے مسجدوں سے فجر کی اذان کی آوازیں آنی

شروع ہوئیں۔ وہ چلتے چلتے ایک بہت بڑی حویلی کے سامنے پہنچے۔ حویلی کے سامنے ایک باغ تھا اور باغ کے اطراف میں اونچی اونچی دیواریں اُٹھی ہوئی تھیں۔ سامنے ایک بہت بڑا لوہے کا دروازہ تھا۔ دروازہ کے قریب ایک جھوپڑا تھا جو چوکیدار کے رہنے کے لیے بنا ہوا تھا۔ دروازے کے پاس پہنچ کر جن رُک گیا اسلم بھی کھڑا ہوگیا جن نے آواز لگائی "چوکیدار صاحب او چوکیدار صاحب۔

تین چار بار آواز لگانے پر چوکیدار اپنی جھوپڑی سے نکل کر آنکھیں ملتا ہوا دروازہ پر آیا اور جھنجھلائے ہوئے لہجہ میں کہا "کیوں بھائی کیا بات ہے۔ کیوں صبح ہی صبح چلا رہے ہو؟ کس سے ملنا ہے؟

جی! ہمیں چودھری فصل الدین صاحب سے ملنا ہے۔

کیا کام ہے؟

یہ اُن کا لڑکا لے کر آیا ہوں۔ اخبار میں فوٹو چھپا تھا۔

جیسے ہی اُس لڑکے کا نام سُنا اس کے جسم میں بجلی سی دوڑ گئی۔ انتہائی پھرتی اور تیزی سے اُس نے دروازہ کھولا اور باہر آیا۔

ابھی اُجالا پوری طرح پھیلا نہیں تھا۔ صبح کی ٹھنڈی

ہوائیں چل رہی تھیں۔ چوکیدار نے اُس ملگجے اندھیرے میں
غور سے اسلم کو دیکھا اور بے اختیار اس کے پیروں میں
گر پڑا اور کہا " چھوٹے سرکار آپ کہاں چلے گئے تھے ؟
گھر میں سب لوگ آپ کی خاطر کتنے پریشان ہیں ۔

چوکیدار کی حالت سے ایسا لگ رہا تھا کہ وہ
جن چاچا کی موجودگی کو ہی بھول گیا تھا۔ جن نے چوکیدار
سے کہا " چلو پہلے ہمیں چودھری صاحب سے ملاؤ۔

اچانک چوکیدار زمین سے اُٹھ کھڑا ہوا۔ "ہاں ہاں!
آؤ جا جا جی آپ نے بڑا احسان کیا ہے جو چھوٹے سرکار
کو لے آئے ورنہ جانے بیگم صاحبہ کا کیا حال ہو جاتا"

اتنا کہہ کر وہ' جن اور اسلم کی رہنمائی کرتا ہوا
آگے بڑھا۔ باغ کو پار کرکے وہ عظیم الشان حویلی کے
مرکزی دروازے پر جاکر رک گیا۔ اُن کو رُکنے کا اشارہ
کرکے دروازہ پر لگی ہوئی الیکٹرک بیل کے سوئچ کو
زور زور سے دبانے لگا۔ اندر حویلی کے کسی کمرے میں
گھنٹی بجتی سنائی دی۔

تھوڑی دیر میں دروازہ کُھلا۔ ایک خادمہ نے دروازہ
کھولا تھا۔ چوکیدار کی خوشی دبائے نہ دب رہی تھی۔ دروازہ
کُھلنے کے ساتھ ہی اس نے خادمہ سے کہا "خنّو جاکر بڑے

سرکار کو اطلاع دے کہ چھوٹے سرکار آگئے ہیں ، یہ دیکھو اپنے چھوٹے سرکار یہ کھڑے ہیں" اتنا کہہ کر اس نے اسلم کے سر پر ہاتھ پھیرا۔

خادمہ کی نظر اسلم پر پڑی تو دوڑ کر باہر آئی "شہباز بابا" آپ کہاں چلے گئے تھے آئیے آئیے"

وہ اُس کا ہاتھ پکڑ کر اندر لے جانے لگی تب جن نے اُس سے کہا " بیٹی جاؤ پہلے چودھری صاحب کو جگاؤ اور ہماری آمد کی اطلاع دو۔ اچانک ملازمہ کو جن کی موجودگی کا احساس ہوا اُس نے کہا ۔ " آئیے نا چاچا جی آئیے آپ یہاں بیٹھیئے میں بڑے سرکار کو اطلاع دیتی ہوں۔

اتنا کہہ کر اُس نے جن اور اسلم کو اندر کمرے میں کرسیوں پر بٹھا دیا اور خود دوڑتی ہوئی اندر کے کمرے میں چلی گئی ۔ چودھری صاحب کے کمرے کا دروازہ کھٹکھٹانے لگی۔ تھوڑی دیر میں چودھری صاحب باہر نکلے۔ آنکھیں نیند سے بوجھل تھیں اور چہرے پر ناگواری کے اثرات تھے ۔ دروازہ کھول کر اِنھوں نے کہا " کیوں ، کیا بات ہے ؟

"بڑے سرکار چلیے ۔ اپنے چھوٹے سرکار آئے ہیں ۔ ڈرائنگ روم میں بیٹھے ہیں ۔ کوئی بوڑھا آدمی اُنھیں لے کر

آیا ہے ‬"

چودھری صاحب تیزی سے ڈرائنگ روم کی طرف بڑھے جہاں اسلم اور جن بیٹھے ہوئے تھے ۔ اُنھوں نے دوڑ کر اسلم کو اپنی بانہوں میں اُٹھا لیا اور پیار کرنے لگے ۔

"بیٹے تم کہاں چلے گئے تھے ؟ کیسے چلے گئے تھے ؟ تمہارے جانے سے گھر کی تمام رونق ختم ہوگئی تھی ؟ تم ٹھیک تو ہونا ‬"

اسلم حیرت سے کبھی چودھری صاحب کی طرف دیکھتا تھا اور کبھی جن چاچا کی طرف ۔ چودھری صاحب بیٹے میں کھوئے ہوئے تھے ، انھوں نے ملازمہ سے کہا " جاؤ بیگم کو بھی یہ خوش خبری سنا دو کہ شہباز آگیا ہے ۔ اُسی وقت چودھری صاحب کی نظر جن چاچا پر پڑی ۔ انھوں نے گود سے اسلم کو نیچے اُتارا اور اُن کی طرف مڑے اور اُن سے کہا "کیوں حضرت آپ ہی بچّے کو لے کر آئے ہیں ؟

جی ہاں چودھری صاحب ۔

اُسی وقت بیگم صاحبہ بھی ڈرائنگ روم میں آگئیں اور اسلم کو دیکھ کر اُس کے قریب پہنچیں اور کہا " بیٹا شہباز تم کہاں چلے گئے تھے ہمیں روتا ہوا چھوڑ کر ۔ یا اللہ تیرا احسان ہے کہ ہمیں ہمارا بیٹا واپس مل گیا :کیوں بیٹے

تم ٹھیک تو ہونا ؟ پھر انھوں نے چودھری صاحب سے کہا "کیا بات ہے یہ تو کچھ بول ہی نہیں رہا ہے ؟ اِسے کون لے کر آیا ہے ۔

چودھری صاحب نے کہا "یہ حضرت شہباز کو لے کر آئے ہیں ۔ پھر انھوں نے جن کو مخاطب کرکے کہا "کیوں حضرت آپ کو یہ بچہ کہاں ملا ؟

حضور مائی باپ میں مرزا پور کا ایک چھوٹا سا کسان ہوں۔ آج سے تین روز پہلے کی بات ہے شام کا وقت تھا میں اپنے کھیت میں کام کر رہا تھا ۔ کھیت سے لگ کر ایک سٹرک گذری ہے ۔ اُس سٹرک پر اچانک ایک کار رُکی ۔ شاید اس میں کوئی خرابی پیدا ہوگئی تھی ۔ ایک آدمی کار سے نکل کر آیا اور کار کا بونٹ کھول کر انجن کو دیکھنے لگا۔ تبھی پیچھے کی سیٹ سے ایک آدمی بچّے کو لے کر باہر نکلا۔ اُس نے بچّے کی کلائی مضبوطی سے پکڑ رکھی تھی اور بچّہ اُسے چھڑانے کی کوشش کر رہا تھا ۔ جب وہ آدمی انجن میں جھانک کر دیکھ رہا تھا تو بچّے نے اُس کے ہاتھ میں بہت زور سے دانت سے کاٹ لیا اور لڑکے کا ہاتھ چھوٹ گیا لڑکا بھاگنے لگا۔ دونوں آدمیوں نے اُسے بھاگتے دیکھا تو وہ بھی اُسے پکڑنے کے لیے اُس کے پیچھے دوڑے ۔ سامنے

کچھ پہاڑیاں ہیں لڑکا بے تحاشا اوپر چڑھنے لگا۔ دونوں آدمی بھی اس کے تعاقب میں اوپر چڑھنے لگے میں نے یہ منظر دیکھا تو مجھے دال میں کچھ کالا نظر آیا لہذا میں بھی اپنا لٹھ لے کر پہاڑی کی طرف دوڑا۔ اب یہ لڑکا آگے آگے۔ دونوں بدمعاش اس کے پیچھے اور میں ان کے پیچھے دوڑتے چلے جا رہے تھے۔ دوڑتے دوڑتے لڑکا اچانک ایک پہاڑی کے کنارے پہنچ گیا۔ تبھی اچانک اس کا پیر پھسلا اور وہ ڈھلان میں لڑھکنے لگا۔ وہ کافی گہری کھائی تھی اور راستے میں چٹانیں بکھری پڑی تھیں۔ دونوں آدمیوں نے جب اُسے نیچے گرتے دیکھا اور پیچھے سے مجھے آتا دیکھا تو وہ پلٹ کر اپنی کار کی طرف بھاگے میں نے سوچا کہ اگر میں اِن کے پیچھے جاؤں تو پتہ نہیں لڑکے کا کیا حشر ہو۔ یہ سوچ کر میں سیدھا ڈھلان کی طرف اُترا۔ ایک بڑی سی چٹان سے ٹکرا کر لڑکا رُک گیا تھا اور سر سے خون بہہ رہا تھا۔ لڑکا بے ہوش ہو چکا تھا۔ میں نے لڑکے کو کاندھے پر اٹھایا اور بڑی مشکل سے اُسے اوپر لے کر آیا۔ جب میں ٹرک پر آیا تو دیکھا کہ وہ کار جا چکی تھی۔ میں بچے کو اپنے گھر لے آیا۔ اُس کے سر سے بہت زیادہ خون بہہ گیا تھا۔ میں نے اُس کے زخم پر مرہم وغیرہ

ICE CREAM

لگایا اور اُسے ہوش میں لانے کی تدبیر کرنے لگا ۔ تھوڑی دیر میں لڑکا ہوش میں آیا ۔ میں نے اُس کا نام پتہ دریافت کیا لیکن اُس نے کچھ نہیں بتایا ۔ سر پر چوٹ لگنے کی وجہ سے اس کی یادداشت کھو گئی تھی ۔ میں نے ہر طریقے سے پوچھ کر دیکھ لیا لیکن اُس نے کچھ نہیں بتایا ۔ کل مجھے اخبار میں اس کا فوٹو چھپا ہوا دکھائی دیا ۔ اس لیے میں لے کر یہاں چلا آیا ۔

چودھری صاحب نے کہا "بابا آپ نے بڑا احسان کیا جو بچے کو یہاں لے کر چلے آئے ۔ ہم آپ کا یہ احسان کبھی نہیں بھلا پائیں گے ۔ ہم نے اس کا پتہ بتانے یا ڈھونڈ کر لانے والے کو دس ہزار روپے انعام دینے کا اعلان کیا تھا وہ انعام آپ لے کر جائیں ۔

جن نے کہا "نہیں ، میں اسے انعام کے لالچ کی وجہ سے نہیں لے کر آیا ہوں ۔ آپ کی امانت آپ کو مل گئی مجھے یہی خوشی ہے اور یہی خوشی میرا انعام ہے ۔ خدا نے مجھے سب کچھ دیا ہے مجھے کسی چیز کی ضرورت نہیں ہے ۔ آپ بچے کو سنبھالیں اور مجھے اجازت دیں ۔ مجھے بہت سے کام کرنے ہیں ۔

بیگم چودھری نے کہا "بابا کم از کم ناشتہ تو

کرکے جائیں ۔

"نہیں بیٹی میں بہت جلدی میں ہوں ، اچھا میں چلتا ہوں" اتنا کہہ کر جن اپنی جگہ سے اٹھ کھڑا ہوا ۔ اسلم کے سر پر ہاتھ پھیرا اور وہاں سے چلا گیا ۔ تھوڑی دور جاکر وہ غائب ہوگیا ۔

چودھری صاحب اسلم کو لے کر ایک کمرے میں لے گئے جہاں دیواروں پر اس کی تصویریں فریموں میں لگی ہوئی تھیں چودھری صاحب اور بیگم چودھری تصویروں کی طرف اشارہ کرکے اس سے سوالات کرتے اورجب وہ جواب نہ دے پاتا تو وہ اُس موقع کا ذکر کرتے جس موقع کی وہ تصویر ہوتی ۔ لیکن اسلم کسی بھی تصویر کے متعلق کچھ نہیں بتا سکا ۔

پھر اس کے نہانے کا انتظام کر دیا گیا ۔ نہلا کر اُسے نئے کپڑے پہنائے گئے اور پھر اُسے ناشتے کی میز پر بٹھا دیا گیا ۔ کھانے کا کمرہ (ڈرائنگ روم) بہت بڑا تھا اور ہر طرح کی چیزوں سے آراستہ تھا لمبی میز اور اُس کے اطراف میں رکھی ہوئی خوبصورت کرسیاں ۔

وہ میز پر بیٹھ گیا پھر ایک ایک کرکے لوگ کمرے میں آنے شروع ہوئے چودھری صاحب اور بیگم چودھری آکر بیٹھ گئیں اُس کے تھوڑی دیر بعد ایک نوجوان آدمی

ایک عورت اور دو بچوں کے ساتھ کمرے میں داخل ہوئے۔ اسلم ان کو یہی پہچان سکا۔ وہ آئے تو انھوں نے پہلے چودھری صاحب اور بیگم چودھری کو آداب کیا اور پھر اسلم کی طرف مڑ کر کہا ”کہو شہباز کیسے ہو؟

جی ، ٹھیک ہوں ۔

تم نے ہمیں پہچانا نہیں ؟

جی نہیں ۔

تب چودھری صاحب نے کہا ”حشمت بیگ اس کے سر پر گہری چوٹ لگنے کی وجہ سے اس کی یاد داشت کھو گئی ہے ۔ نہ کسی کو پہچان رہا ہے نہ کسی کا نام یاد رہا ہے ۔ خود اِسے اپنا نام بھی یاد نہیں ہے ۔

پھر چودھری صاحب نے اسلم کو مخاطب کرتے ہوئے کہا ” بیٹے یہ تمہارے ماموں مرزا حشمت بیگ ہیں یہ تمہاری مومانی ہیں اور یہ ان کے دونوں بچے اور تمہارے دوست نسرین اور پرویز ہیں ۔

نسرین اور پرویز اس کے بازو میں آکر بیٹھ گئے اُسے آداب کیا ۔ اسلم نے بھی اپنے ماموں اور مومانی کو آداب کیا۔

سب نے مل کر ناشتہ کیا۔ ناشتہ کے دوران مرزا حشمت بیگ نے اسلم سے کچھ سوالات پوچھے مثلاً یہ

کہ وہ کیسے گُم ہوگیا تھا۔ کس طرح اُسے چوٹ لگی ۔ کون
لوگ تھے جو اُسے اُٹھا کر لے گئے تھے ؟

اسلم نے کہا کہ مجھے صرف اتنا یاد ہے کہ کسان بابا کے
جھوپڑے میں مجھے ہوش آیا تو مجھے کچھ یاد نہیں تھا ۔
نہ اپنا نام نہ پتہ انھوں نے مجھ سے بہت سے سوالات کئے
لیکن میں ایک کا بھی جواب نہیں دے پایا ۔ اس طرح دو
دن میں اُن کے گھر میں رہا تیسرے دن انھوں نے اخبار
میں میری تصویر دیکھی اور مجھے یہاں لا کر چھوڑ گئے بس اتنا
ہی مجھے یاد ہے اور کچھ یاد نہیں آ رہا ہے ۔

بیگم چودھری نے کہا "کوئی بات نہیں بیٹے شہباز۔ آہستہ
آہستہ سب یاد آ جائے گا تم اپنے دماغ پر زیادہ زور
مت ڈالو" پھر انھوں نے مزاحمت بیگ سے کہا ۔"تم
چپ چاپ ناشتہ کرو اور بے کار کے سوالات کر کے اسے
پریشان مت کرو۔ پتہ نہیں بے چارے نے تین دن کن
حالات میں گذارے ہوں گے ۔

ناشتہ کی میز پر طرح طرح کی چیزیں رکھی ہوئی تھیں
ایسی عمدہ اور نفیس چیزیں جن کے متعلق اس نے کبھی خواب
میں بھی نہ سوچا ہوگا ۔ ایک ایک چیز کو اُس نے دیکھا اور
خوب سیر ہو کر ناشتہ کیا ۔ ناشتہ میں اُس نے کوئی

جلد بازی نہیں کی ۔ اطمینان سے ناشتہ کیا۔ پہلے کنکھیوں سے دیکھ لیتا کہ ان چیزوں کو لینے کا کھانے کا کیا طریقہ ہے اُسی کے مطابق وہ بھی چیزیں لیتا اور کھاتا رہا ۔

ناشتہ کرنے کے بعد بیگم چودھری اُسے اس کے کمرے میں لاکر چھوڑ گئیں ۔

پہلے تو وہ اطمینان سے ایک کرسی پر بیٹھ گیا اور کمرے کا جائزہ لینے لگا۔ کمرہ کافی بڑا تھا۔ دو طرف کھڑکیاں اور دروازے تھے ۔ بیچ میں ایک بہت ہی خوبصورت پلنگ بچھا ہوا تھا۔ اس پلنگ پر نرم گدّے، تکیے اور رضائی رکھی ہوئی تھی، ایک کونے میں ایک الماری تھی جس میں طرح طرح کی کتابیں تھیں۔ دوسرے کونے میں ایک بڑی الماری تھی جس میں بہت سارے کپڑے سلیقے سے سجے ہوئے رکھے تھے۔ کتابوں کی الماری کے پاس ایک میز رکھی ہوئی تھی ۔ اس پر کچھ کتابیں اور کاپیاں وغیرہ رکھی ہوئی تھیں ۔ میز پر خوبصورت چاندی کے فریم میں لگی ہوئی اسس کی تصویر رکھی ہوئی تھی ۔

ان سب چیزوں کو دیکھ کر اسلم سوچنے لگا کہ واقعی جن نے اُسے ایک ایسی جگہ پہنچا دیا ہے جہاں بڑے آرام سے اس کی زندگی گزرے گی ۔ زندگی کی تمام آسائشیں اُسے

مہیا تھیں ۔ اُسے یہ بھی معلوم ہوگیا کہ اس گھر میں اس کا نام شہباز ہے گھر کے سب لوگ اُسے شہباز کہتے ہیں لیکن نوکر اور خادمائیں اُسے چھوٹے سرکار کہہ کر پکارتے ہیں۔ یہی سوچتے سوچتے وہ اُٹھا اور بستر پر آکر لیٹ گیا اور گذرے ہوئے تین دنوں کے حالات پر غور کرنے لگا ۔ کیونکہ وہ رات بھر سویا نہیں تھا، اسی لیے بستر پر لیٹتے کے ساتھ ہی سوگیا۔

چودھری صاحب کے گھر میں سب لوگ اسلم کو شہباز کے نام سے جانتے ہیں، اسی لیے ہم بھی اُسے اب اسلم کے بجائے شہباز کے نام سے ہی یاد کریں گے۔ ناشتہ کے کمرے سے اُٹھ کر چودھری صاحب اپنے کمرے میں آئے اور اپنے تمام دوستوں، رشتے داروں اور دیگر لوگوں کو بیٹے کے مل جانے کی خوش خبری فون کے ذریعہ سے سنائی۔ خوشی سے ان کا چہرہ کھلا پڑ رہا تھا۔ لوگ اُنھیں مبارک باد دے رہے تھے اور یہ ان کا شکریہ ادا کرتے جا رہے تھے ۔ تھوڑی دیر میں تقریباً تمام متعلقہ لوگوں کو شہباز کے گھر لوٹ آنے کی اطلاع مل گئی ۔

جیسے جیسے لوگوں کو خبر ہوتی گئی ویسے ویسے لوگوں

کی آمد چودھری صاحب کی حویلی میں بڑھتی گئی ۔ لوگ پھولوں کے گلدستے لے کر آئے چودھری صاحب کو شہباز کے ملنے کی مبارک باد دیتے اور شہباز کے متعلق پوچھتے ۔ چودھری صاحب کو معلوم ہوگیا تھا کہ شہباز گہری نیند سو رہا ہے لہذا وہ مختصراً لوگوں کو اس کے حالات بتاتے کہ کس طرح دو بدمعاشوں نے اُسے اغوا کیا اور اُسے لے کر جا رہے تھے کہ ان کی کار خراب ہوگئی ۔ شہباز وہاں سے بھاگا تو دونوں غنڈوں نے اُسے پکڑنا چاہا ۔ ایک کسان نے یہ منظر دیکھ لیا اور شہباز کی مدد کو کود پڑا ۔ شہباز ایک کھائی میں گر گیا ۔ بدمعاش بھاگ گئے اور کسان کسی طرح شہباز کو کھائی سے نکال کر لایا ۔ مرہم پٹی کی ۔ جب ہوش میں آیا تو معلوم ہوا کہ وہ اپنی یاد داشت کھو چکا تھا ۔ پھر اُسے اخبار میں فوٹو دکھائی دی اور وہ اُسے آج یہاں لا کر چھوڑ گیا ۔

لوگ پوچھتے ۔ "چودھری صاحب اُس کسان نے آپ سے رقم کتنی لی ؟ "

چودھری صاحب بتاتے کہ وہ تو بہت ہی مخلص اور مہربان آدمی تھا نیکی کا فرشتہ ، ہم نے اُسے رقم دینے کی کوشش کی لیکن اُس نے کچھ لینا منظور نہ کیا

شاہد
(بچوں کا ناول) جن

یہاں تک کہ اُس نے چائے بھی نہیں پی اور چلا گیا ۔
یہ سن کر لوگ کسان کی تعریف کرتے ۔
دو پہر میں شہباز کی آنکھ کھلی ۔ گھڑی دیکھی ۔ ایک
بج رہا تھا ۔ وہ جلدی سے اُٹھا اور باتھ روم میں جا کر
منہ ہاتھ دھویا ، سب لوگ کھانے کی میز پر بیٹھ چکے تھے
وہ بھی ڈائننگ روم میں اپنی کرسی پر جا کر بیٹھ گیا ۔
انواع و اقسام کے کھانے میز پر چُنے ہوئے تھے ۔ ایسے
ایسے کھانے کہ جن کی خوشبو سے ہی آدمی کی بھوک جاگ
اُٹھے اور منہ سے رال ٹپکنے لگے ۔ شہباز نے سب کے ساتھ
کھانا کھایا اور چودھری صاحب اور بیگم چودھری کے ساتھ
ڈرائننگ روم میں آ کر بیٹھ گیا ۔ لوگوں کی آمد و رفت جاری
تھی ۔ لوگ پھولوں کے گلدستے لاتے ، شہباز کو پیار کرتے
اُس سے چند سوالات کرتے چودھری صاحب اور بیگم چودھری
کو مبارک باد دیتے ۔ کچھ ٹھنڈا لیتے یا چائے پیتے اور چلے
جاتے ، شام تک اور شام سے رات تک رات تک یہی سلسلہ
چلتا رہا ۔

رات کو کھانے کی میز پر سب لوگ جمع ہوئے ۔
کھانے کے دوران مرزا حشمت بیگ نے چودھری صاحب
سے پوچھا "کیوں بھائی صاحب اُس کسان نے جو شہباز

کولے کر آیا تھا کتنے پیسے لیے۔

اس بھلے آدمی نے تو ایک پیسہ نہیں لیا۔ چودھری صاحب نے کہا۔

کس گاؤں سے شہباز کولے کر آیا ہے؟

مرزا پور سے۔

کیوں شہباز۔ وہ کسان جہاں رہتا ہے وہ کیسی جگہ ہے؟

جگہ تو بہت اچھی ہے۔ سڑک کے کنارے کھیت ہے اور کھیت کے کنارے اس کا جھوپڑا ہے۔ میں اُسی جھوپڑے میں دو دن رہا تیسرے دن وہ مجھے یہاں پہنچا گیا۔

اسی طرح باتیں کرتے کرتے کھانا ختم ہوا۔ کھانا کھانے کے بعد سب اپنے اپنے کمروں میں چلے گئے۔

شہباز کو اُس کمرے میں چھوڑ کر بیگم چودھری اور چودھری صاحب چلے گئے۔ شہباز نے الماری سے اپنے لیے شب خوابی کا لباس نکالا اور آسے پہن کر بستر پر لیٹ گیا دن میں سو چکا تھا اس لیے نیند کا کہیں پتہ نہیں تھا۔ خیالات کا سلسلہ پھر گذشتہ دنوں کے واقعات کی طرف چلا گیا۔ اُسے پولیس اسٹیشن کی رات یاد آئ

جہاں انسپکٹر نے اس کی اچھی خاصی مرمت کردی تھی۔ وہ سوچنے لگا کہ میرے وہاں سے غائب ہوجانے پر جانے کیا ہنگامہ ہوا ہوگا۔ سب بھی سوچ رہے ہوں گے کہ میں سلاخوں کو توڑ کر روشن دان سے نکل بھاگا ہوں گا اور اب پورے ملک میں میری تلاش جاری ہوگی۔ ہوسکتا ہے کہ اخباروں میں پھر سے میری فوٹو چھاپی گئی ہو۔ پھر اسے اپنے سوتیلے بھائی بہن یاد آئے جن کو بیٹے کے گم ہونے کا افسوس کم تھا لیکن زمین کے چلے جانے کا زیادہ۔

خیالات کی رو بہکی اور پھر وہ چودھری صاحب اور بیگم چودھری کے متعلق سوچنے لگا کہ وہ کس طرح اس پر جان چھڑکتے ہیں۔ کیسے پیار و خلوص سے اس کے ساتھ پیش آتے ہیں۔

پھر اسے مرزا حشمت بیگ کی جو کھود کھود کر اس سے مختلف سوالات پوچھ رہا تھا۔ جانے کیوں اسے یہ آدمی اچھا نہیں لگا۔ ہاں اس کے دونوں بچے نسرین اور پرویز اس سے بہت محبت سے پیش آئے مرزا حشمت بیگ کی بیوی نے اس سے کوئی بات نہیں کی اور نہ ہی اسے اس نے کسی طرح کی

اہمیت دینے کی کوشش کی۔ یہی سب سوچتے سوچتے وہ نیند کی آغوش میں گم ہو گیا۔

* * *

مرزا حشمت بیگ کھانا کھا کر اٹھا تو اپنی بیوی اور بچوں کے ساتھ اپنے کمرے میں چلا آیا جو حویلی سے لگا ہوا تھا۔ جب دونوں بچے سو گئے تو اس کی بیوی نے اُس سے کہا۔ تم تو کہتے تھے کہ شہباز مر چکا ہے اور ان لوگوں نے خود اپنی آنکھوں سے اس کی لاش دیکھی تھی یہ زندہ کیسے ہو گیا اور یہاں کیسے پہنچ گیا۔ وہ لوگ ۲۵ ہزار روپے بھی لے کر فو چکر ہو گئے۔

حشمت بیگ نے کہا، مجھے خود حیرت ہے کہ یہ بچ کیسے گیا ان لوگوں نے تو یہی بتایا تھا کہ اُنہوں نے اُسے پہاڑی سے کھائی میں گرتے دیکھا تھا۔ ایسا لگتا ہے کہ وہ گرا تو ضرور تھا لیکن مرا نہیں تھا اور وہ گنوار کسان کا

بچہ اُسے اُٹھا کر لے آیا۔ اگر وہ کسان اُسے نہیں بچاتا تو وہ وہیں پڑا پڑا ہی مر جاتا۔ خیر تم فکر مت کرو۔ میں پھر اُسے کسی نہ کسی طریقے سے ختم کروا دوں گا۔ پھر اس کے مرتے ہی ہمارا بیٹا چودھری صاحب کا نورِ نظر بن جائے گا اور یہ کروڑوں کی دولت ہمارے ہاتھ آجائے گی۔

جو کچھ کرنا ہے جلدی کرو ابھی اس لڑکے کی یادداشت بھی غائب ہے اگر اس کی یادداشت واپس آگئی تو اُسے اپنی پچھلی زندگی کے تمام واقعات بھی یاد آجائیں گے اور اگر اُس نے کسی کو پہچان لیا تو ہمارے لیے مصیبت کھڑی ہو جائے گی ۔

مرزا حشمت بیگ نے کہا ”نہیں میں ایسا نہیں ہونے دوں گا اس سے پہلے کہ اس کی یادداشت واپس آئے میں اس کا کام تمام کروا دوں گا“ یہ باتیں کرتے کرتے وہ لوگ بھی سو گئے ۔

علی الصبح شہباز کی آنکھ کھل گئی ۔ اُٹھ کر اس نے منہ ہاتھ دھویا۔ مسجد میں جا کر فجر کی نماز پڑھی اور پائیں باغ میں آکر بیٹھ گیا۔

ابھی تک گھر کا کوئی آدمی بیدار نہیں ہوا تھا۔ باغ کا مالی اور چوکیدار بیدار ہو چکے تھے ۔ انھوں نے شہباز

کو باغ میں بیٹھا دیکھا تو وہ اس کے قریب آگئے ۔ چھوٹے سرکار چھوٹے سرکار کہہ کر اُس سے سوالات کرنے لگے ۔ ان کے سوالات شہباز کی پچھلی زندگی کے متعلق تھے ، اس لیے وہ ٹھیک طرح سے اُن کے کسی سوال کا جواب نہیں دے پارہا تھا ۔

تھوڑی دیر میں بیگم چودھری بھی اُٹھ گئیں پہلے تو وہ سیدھی اس کے کمرے میں گئیں اُسے وہاں موجود نہ پاکر وہ چودھری صاحب کے کمرے میں گئیں ۔ وہ وہاں بھی نہیں تھا ۔ سیدھی باغ میں آئیں تو انھوں نے اُسے بینچ پر بیٹھے ہوئے دیکھا ۔

مالی اور چوکیدار نے بیگم صاحبہ کو شہباز کی طرف آتے دیکھا تو وہ اپنی جگہ سے اُٹھ کھڑے ہوئے اور اپنے اپنے کام میں لگ گئے ۔ شہباز انھیں دیکھ کر اُٹھ کھڑا ہوا ۔ اور انھیں سلام کیا ۔ بیگم صاحبہ شہباز کے ساتھ وہیں بیٹھ گئیں ۔

کیوں بیٹے آج تم بہت جلد بیدار ہوگئے ؟

جی ہاں آج صبح جلدی آنکھ کھل گئی ۔

نیند تو ٹھیک سے آئی نا بیٹے ۔

جی ہاں ، میں بہت اچھی طرح اطمینان کی

نیند سویا۔

پہلے تو تم آٹھ بجے سے پہلے اٹھتے ہی نہیں تھے۔

گاؤں والے چاچا مجھے بہت سویرے اٹھا دیا کرتے تھے پھر اپنے ساتھ مجھے نماز پڑھنے مسجد لے جایا کرتے تھے بس وہی عادت پڑ گئی ہے۔

بیٹا میں تو تمہیں کمرے میں نہ پا کر پریشان ہو گئی تھی۔ اچھا چلو اٹھو برش کر لو اور منہ ہاتھ دھو لو۔

جی، میں نے صبح اٹھ کر ہی منہ ہاتھ دھو لیا ہے۔

اچھا تو میں تمہارے لیے چائے لے کر آتی ہوں۔

نہیں، آپ تکلیف مت کیجیے۔

بیٹے، ہم تمہاری امی ہیں، تم جب سے آئے ہو تم نے ایک بار بھی ہم کو ممی کہہ کر نہیں پکارا۔

جی میں شرمندہ ہوں۔ مجھے کچھ یاد نہیں رہا۔

میری زندگی بھی عجیب سی زندگی ہے۔ بالکل خالی خالی سی۔ جیسے کسی کاپی پر لکھے ہوئے تمام الفاظ مٹ چکے ہوں۔ ایسا لگتا ہے کہ میں ایک نیا مسافر ہوں۔ جو ہر چیز کو حیرت سے دیکھتا ہے اور پھر پوچھتا ہے کہ یہ کیا ہے؟ یہ کون ہے؟ اور میرا اس سے کیا تعلق ہے؟ ایسی سپاٹ ہے میری زندگی۔ ــــــــ ایک ویران

راستے کی طرح ۔۔۔ مجھے معاف کر دیجئے ممّی مجھے معاف کر دیجئے ۔

اور اس کی آنکھوں میں آنسو تیرنے لگے ۔

بیگم چودھری نے اس کی یہ حالت دیکھی تو تڑپ اٹھیں اور کہا " فکر مت کرو بیٹے سب ٹھیک ہو جائے گا۔ غم کرنے کی ضرورت نہیں ۔ دماغ پر زیادہ زور مت دو سب ٹھیک ہو جائے گا اللہ نے چاہا تو تمہیں دھیرے دھیرے سب یاد آجائے گا۔

اچھا میں تمہارے لیے چائے لے کر آتی ہوں ۔

جی ممّی ، بہت اچھا ۔

بیگم چودھری وہاں سے اُٹھ کر چلی گئیں ۔ شہباز اکیلا رہ گیا ۔

سورج طلوع ہو چکا تھا ۔ صبح کا سہانا وقت تھا ۔ ٹھنڈی ٹھنڈی ہوائیں چل رہی تھیں ۔ قدرت اپنی تمام تر رعنائیوں کے ساتھ جلوہ نما تھی ۔ درختوں پر پرندے سے چہچہا رہے تھے ۔ پھولوں کی مہک سے فضا معطر ہو گئی تھی ۔

تھوڑی دیر میں بیگم صاحبہ نمودار ہوئیں ۔ ان کے ساتھ گھر کی خادمہ تھی جس کے ہاتھوں میں چائے کی

ٹرے تھی۔ جہاں شہباز بیٹھا ہوا تھا وہیں ایک تپائی رکھی ہوئی تھی اُس تپائی پر خادمہ نے چائے کی ٹرے رکھ دی۔

بیگم صاحبہ نے اپنے ہاتھوں سے چائے بنائی۔ شہباز کو دی اور خود ایک پیالی چائے تیار کرکے پینے لگیں۔ ٹرے میں کچھ بسکٹ بھی رکھے ہوئے تھے بیگم صاحبہ نے اُسے کچھ بسکٹ بھی دیئے اور اُس نے شوق سے کھائے۔ بیگم صاحبہ کے خلوص و محبت کو دیکھ کر شہباز کا دل بھر آیا اور وہ سوچنے لگا کہ واقعی جن نے اسس کو ایک ایسی جگہ پہنچا دیا ہے جہاں اُسے ماں باپ کا سچا پیار بھی مل رہا ہے اور دنیاوی آرام و سکون بھی۔

جب دھوپ تیز ہوگئی تو وہ اُٹھ کر اپنے کمرہ میں چلا گیا۔ تب تک چودھری صاحب بھی جاگ چکے تھے۔ بیگم چودھری نہانے کے لیے چلی گئیں تھیں۔

اپنے کمرے میں آکر شہباز ایک کرسی پر بیٹھ گیا۔ میز پر کچھ کتابیں رکھی ہوئی تھیں اور الماریوں میں بھی بہت سی کتابیں رکھی ہوئی تھیں ان میں زیادہ تر کتابیں انگریزی کی تھیں اور کچھ کتابیں اردو کی بھی تھیں۔ شہباز نے میز پر رکھی ہوئی کتابوں کو دیکھا۔ انگریزی

کی کتابیں بہت مشکل تھیں اور اردو کی جو کتابیں تھیں وہ اس کے لیے بے حد آسان تھیں ۔

وہیں ایک کاپی رکھی ہوئی تھی جس میں حساب کے سوالات حل کیے ہوئے تھے ۔ وہ سوالات ایسے تھے جنہیں وہ بہ آسانی حل کر سکتا تھا لیکن عبارت انگریزی زبان میں ملا ملا کر لکھی ہوئی تھی ۔ بہت سے الفاظ اس کی سمجھ میں نہیں آرہے تھے ۔

اُن کاپیوں اور کتابوں کو دیکھ کر اُس نے اندازہ لگایا کہ شہباز انگریزی میڈیم سے تعلیم حاصل کرتا تھا اور اس کی انگریزی اچھی بھی تھی جبکہ وہ خود اردو میڈیم سے تعلیم حاصل کر رہا تھا۔ اس کی انگریزی اتنی اچھی نہیں تھی اس کی رائٹنگ بھی کاپی کی رائٹنگ سے مختلف تھی ۔ اُس نے دل میں سوچا کہ ابھی اپنی تعلیم کو چھپائے رکھنا ضروری ہے ورنہ بھید کھل جائے گا ۔

اُس نے کتابوں اور کاپی کو اُسی طرح رکھ دیا اور بستر پر آکر لیٹ گیا۔ فوم کا نرم نرم بستر، اتنا نرم اور گداز بستر اُس نے کبھی دیکھا بھی نہیں تھا۔

تھوڑی دیر بعد چودھری صاحب اور بیگم صاحب اس کے کمرہ میں تیار ہو کر آگئے۔ چودھری صاحب نے اُسے

"گڈ مارننگ شہباز" کہہ کر مخاطب کیا۔ اُسے کچھ سمجھ میں نہیں آیا کہ وہ کیا جواب دے۔ وہ حیران ہوکر ان دونوں کی صورتیں تکنے لگا۔

چودھری صاحب نے اس کے چہرے سے اس کی پریشانی کا اندازہ لگا لیا انھوں نے اُسے سمجھاتے ہوئے کہا "شہباز ،گڈ مارننگ کے جواب میں گڈ مارننگ ہی کہتے ہیں تمہیں یہ بھی یاد نہیں ۔

اُس نے ٹھہرے ہوئے لہجہ میں کہا "جی ڈیڈی مجھے کچھ یاد نہیں آرہا ہے میں ایک عجیب سی الجھن میں پھنس گیا ہوں ۔ مجھے سب کچھ نیا نیا سا لگ رہا ہے ۔ اجنبی اجنبی سا محسوس ہورہا ہے ۔

چودھری صاحب نے کہا "کوئی بات نہیں بیٹے سب ٹھیک ہوجائے گا۔ اچھا یہ بتاؤ کہ تم نہائے یا نہیں ؟

جی نہیں !

جاؤ جلدی سے نہاکر تیار ہوجاؤ پھر ناشتہ کریں گے ۔

جی بہت اچھا ۔

چودھری صاحب نے پھر خادمہ کو آواز دی۔ وہ دوڑتی ہوئی آئی اور جی بڑے سرکار کہہ کر کھڑی ہوگئی۔

چودھری صاحب نے اس کی طرف دیکھ کر کہا۔ دیکھو شہباز کو اُس کے کپڑے نکال کر دے دو اُسے باتھ روم میں پہنچا دو۔

وہیں کپڑوں کی الماری تھی اس میں سے ایک جوڑا خادمہ نے نکالا اور شہباز کو لے کر باتھ روم کی جانب چلی۔ باتھ روم کے دروازے پر اُس نے کپڑے شہباز کو دیئے اور خود وہاں سے چلی گئی۔

شہباز نے باتھ روم کا دروازہ کھولا اور اندر داخل ہوا۔ باتھ روم نہایت سلیقے سے بنا ہوا تھا۔ دیواروں پر چاروں طرف فیروزی رنگ کے گلیزڈ ٹائلس لگے ہوئے تھے۔ باتھ روم اتنا بڑا تھا کہ اُس کا اپنا گھر بھی اتنا بڑا نہیں تھا۔ ایک طرف ٹب رکھا ہوا تھا۔ دوسری طرف شاور لگا ہوا تھا۔ وہیں پر ایک نل بھی لگا ہوا تھا۔ شہباز کی سمجھ میں نہیں آرہا تھا کہ نہانے کا آغاز کس طرح کرے۔ اُس نے اپنے ہاتھ کے کپڑے سامنے لگے ہوئے ہینگر میں ٹانگ دیئے اور پھر شاور کے نیچے کھڑا ہوگیا۔ مزے سے نہاتا رہا۔ اچھی طرح نہا لینے کے بعد وہ آگے آیا۔ وہیں تولیہ رکھا ہوا تھا اس سے اس نے اپنا جسم خشک کیا ہینگر کے پاس آیا۔ کپڑے پہننے اور وہیں ایک بڑا سا آئینہ

لگا ہُوا تھا اُس میں اُس نے اپنا سراپا دیکھا۔ آج کئی دنوں کے بعد اُس نے آئینہ دیکھا تھا۔ اُسے وہ شکل جو آئینے میں نظر آئی بڑی عجیب لیکن خوبصورت لگی۔ یوں محسوس ہوا کہ اُس کے چہرے پر ایک خوبصورت سی نقاب چڑھا دی گئی ہے۔ مدّتوں سے جو بدنما چہرہ وہ دیکھا کرتا تھا اب کہیں اس کا نام ونشان تک نہیں تھا۔

خادمہ نے جو لباس اُس کے ہیے منتخب کیا تھا وہ بہت ہی شاندار تھا اور قیمتی بھی۔ اُسے پہن لینے کے بعد اس کی شخصیت کافی جاذب نظر اور رعب دار لگ رہی تھی۔ ایسی باوقار شخصیت جسے دیکھ کر کوئی بھی تعظیماً کھڑا ہو جائے۔ واقعی اِس بدلے ہوئے انداز میں وہ خود اپنے آپ کو نہیں پہچان پا رہا تھا تو اُس کے ماں باپ، بھائی بہن اور دوست احباب کیا پہچانتے۔

کپڑے تبدیل کرکے کنگھی سے بالوں کو درست کیا اور باہر آیا۔ خادمہ نے اُسے باہر نکلتے دیکھا تو وہ آگے بڑھی اور اُسے لے کر سیدھی ڈائننگ روم میں پہنچی۔ شہباز نے دیکھا کہ کھانے کے کمرے میں چودھری صاحب، بیگم صاحبہ، مرزا حشمت بیگ، بیگم حشمت بیگ اور ان کے دونوں بچّے پرویز اور نسرین موجود تھے۔

جیسے ہی وہ کمرے میں پہنچا بیک وقت سب کی نظریں اُس کی طرف اُٹھ گئیں ۔ اُس نے حشمت بیگ اور بیگم حشمت بیگ کو ”گڈ مارننگ“ کہا اور اپنی کرسی پر بیٹھ گیا جو بیگم صاحبہ کی کرسی کے بازو میں تھی ۔

ناشتہ کے دوران کوئی خاص گفتگو نہیں ہوئی ۔ حشمت بیگ نے پہلے تو شہباز کی باوقار شخصیت کی تعریف کی ، پھر سوٹ کی تعریف کی جو اُس نے پہنا تھا ۔ پھر اُس نے شہباز سے پوچھا کہ رات کیسی گذری ۔ شہباز نے اس کے سوالات کے بہت مختصر جواب دیئے ۔

ناشتہ سے فارغ ہو کر سب ڈرائنگ روم میں آ کر بیٹھ گئے ۔ چودھری صاحب نے صبح کا اخبار اُٹھایا ۔ اور پڑھنے لگے ۔ اُسی وقت کمرے میں ایک خوبصورت انگریز عورت داخل ہوئی اور تیزی سے شہباز کی طرف بڑھی اور ہلو شہباز کہہ کر اُس سے مصافحہ کیا ۔ شہباز نے متعجب ہو کر ان کی طرف دیکھا اور اپنی جگہ سے اُٹھ کر صرف ”ہلو“ کہہ کر رُک گیا اور حیرت سے بیگم صاحبہ کی طرف دیکھنے لگا ۔

بیگم صاحبہ نے شہباز کی حیرانی کو محسوس کرتے ہوئے کہا ۔ بیٹے تم نے انھیں پہچانا نہیں ۔ یہ تمہاری

انگریزی کی ٹیچر ہیں مس لزی ڈی سوزا" یہ تم کو انگریزی پڑھاتی ہیں ۔ کچھ یاد آیا یا نہیں؟

شہباز نے کہا "ممی مجھے کچھ یاد نہیں آرہا ہے، مجھے کچھ بھی یاد نہیں آرہا ہے" اتنا کہہ کر اُس نے دونوں ہاتھوں سے اپنا سر تھام لیا۔ اس کے چہرے پر پریشانی کے ستارے جھلملانے لگے ۔ اس کی اس متغیر حالت کو دیکھ کر بیگم چودھری نے کہا "کوئی بات نہیں شہباز! تمہیں پریشان ہونے کی کوئی ضرورت نہیں ۔ دھیرے دھیرے سب یاد آجائے گا۔

مس لزی ڈی سوزا نے کہا "مجھے کل شام میں صاحب کے آنے کی خبر معلوم ہوئی اسی لیے آج صبح یہاں چلی آئ ۔

چودھری صاحب نے کہا "آج میں اِسے لے کر ڈاکٹر کے پاس جارہا ہوں ۔ وہاں سے اُسے اسٹیٹ لے جاؤں گا۔ اِس لیے مس لزی آپ کل صبح سے باقاعدہ آنا شروع کردیں ۔ اور آپ کو تو معلوم ہی ہوچکا ہوگا کہ اس کی ذہنی کیفیت کیسی ہے لہٰذا آپ تعلیم کے لیے کوئی مناسب طریقہ ہی اختیار کریں تو بہتر ہوگا ۔

جی بہت اچھا میں اچھی طرح سمجھ گئی ہوں ۔ اچھا
اب مجھے اجازت دیجیے ۔ گڈ بائی ۔
اتنا کہہ کر مس لڑی ڈی سوزا چلی گئیں ۔ ان
کے جانے کے بعد چودھری صاحب نے مرزا حشمت بیگ
سے کمپنی کے متعلق کچھ باتیں کیں کچھ ہدایتیں دیں اور
شہباز کو لے کر حویلی کے باہر آئے ۔ دروازے پر ہی
کار کھڑی ہوئی تھی ۔ ڈرائیور نے ان کے لیے دروازہ
کھولا ۔ پہلے شہباز کو بٹھایا گیا اور پھر چودھری صاحب
اس کے بازو میں بیٹھ گئے اور گاڑی روانہ ہوئی ۔
مختلف سڑکوں سے گزرتی ہوئی کار آگے بڑھتی رہی
چودھری صاحب کچھ خاص عمارتوں اور سڑکوں یا پارکوں
کے متعلق اس سے سوالات کرتے ان کے نام پوچھتے
لیکن وہ کچھ نہ بتا پاتا ۔

تھوڑی دیر میں اُن کی گاڑی ایک خوبصورت
سے بنگلے کے سامنے جا کر رُک گئی ۔ چودھری صاحب
شہباز کو لے کر باہر آئے اور بنگلہ کے اندر داخل ہوئے ۔
یہ کوئی دواخانہ تھا ۔ سامنے کے کمرے کو پار کرکے وہ
اندر پہنچے ۔ اندر ایک گھومنے والی کرسی پر ڈاکٹر صاحب
بیٹھے ہوئے تھے ۔ چودھری صاحب کو دیکھ کر فوراً کرسی

سے اٹھ کھڑے ہوئے اور گرم جوشی سے مصافحہ کیا اور کہا " بیٹھئے چودھری صاحب، تشریف رکھیے ۔ پھر شہباز کی طرف مڑ کر انھوں نے کہا ۔ " ہلو نوجوان آپ ٹھیک تو ہیں ۔

شہباز نے کہا " جی ہاں جناب ٹھیک ہی ہوں ۔

شہباز نے دیکھا وہ ایک ادھیڑ عمر کا ڈاکٹر تھا۔جس کی کھوپڑی کے بیچ کے تمام ہی بال غائب تھے، اطراف میں کچھ سفید وسیاہ بال تھے ۔ ٹیوب لائٹ کی روشنی میں اس کی کھوپڑی چمک رہی تھی ۔

چودھری صاحب اور شہباز سامنے کی کرسیوں پر بیٹھ گئے تو ڈاکٹرنے کہا " فون پر آپ نے مجھے حالات بتا دیئے تھے اور میں آپ ہی کا انتظار کر رہا تھا۔ آپ ذرا آئیے میرے ساتھ ۔ شہباز آپ تھوڑی دیر یہاں رُکئے ۔

اتنا کہہ کر ڈاکٹر چودھری صاحب کو لے کر اندر کے کمرے میں گیا۔ چودھری صاحب نے شہباز کے متعلق تفصیل سے تمام باتیں بتا دیں کہ وہ کس طرح گم ہوا۔ کھائی میں گرا اور کس طرح اس کی یادداشت کھو گئی۔ اب وہ کسی کو بھی پہچان نہیں رہا ہے ۔

ڈاکٹر نے تمام باتیں سُن لینے کے بعد کہا " اچھا ٹھیک ہے میں ٹسٹ کرتا ہوں ۔

"لیکن بہت احتیاط سے ڈاکٹر" چودھری صاحب نے کہا " میں کوئی خطرہ مول لینا نہیں چاہتا۔ اُس پر کسی قسم کا ذہنی دباؤ نہ پڑنے پائے ۔ یوں بھی دھیرے دھیرے وہ سب کچھ سیکھ ہی جائے گا ۔

جی ہاں مجھے احساس ہے چودھری صاحب آپ بے فکر رہیں میں ایسی کوئی بھی بات نہیں کروں گا جس سے اُس کے ذہن کو جھٹکا لگے ۔ میں تو صرف یہ دیکھنا چاہتا ہوں کہ اُس کے ذہن پر کچھ نقوش باقی ہیں یا نہیں! میرے پاس ایک امریکن مشین ہے جس کی مدد سے یہ معلوم کیا جاسکتا ہے کہ ذہن پر کس قسم کے نشانات موجود ہیں۔ اُس کی ذہنی استطاعت کیا ہے ۔ کیا کچھ یاد ہے اور کیا کچھ بھول چکا ہے ۔ بس دو منٹ کا ٹسٹ ہے ۔

اچھا ٹھیک ہے ۔ چودھری صاحب نے کہا ۔

پھر دونوں اُس کمرے میں آئے جہاں شہباز بیٹھا ہوا تھا ۔ چودھری صاحب نے شہباز سے کہا "ڈاکٹر صاحب کے ساتھ اندر ان کی لیبارٹری میں چلے جاؤ ۔ گھبرانا نہیں"

ڈاکٹر نے کہا " آیئے شہباز صاحب ۔ ماشاءاللہ آپ کی صحت تو کافی اچھی ہے ۔

شہباز اُٹھ کر ڈاکٹر کے ساتھ اندر کے کمرے میں گیا۔ ڈاکٹر نے ایک نرس کو ساتھ لیا اور بنگلے کے آخری کمرے میں بنی ہوئی لیبارٹری میں پہنچ گیا ۔ لیبارٹری میں مختلف آلات اور مختلف مشینیں ترتیب سے لگی ہوئی تھیں۔ کمرے کے بیچ میں ایک کرسی رکھی ہوئی تھی اور اس کرسی کے آس پاس کچھ آلات لگے ہوئے تھے ۔ نرس نے اس کرسی پر شہناز کو بٹھا دیا ۔

جب شہناز ٹھیک طرح سے کرسی پر بیٹھ گیا تو اس نے اسٹیل کی پٹی کی ایک بیلٹ شہناز کی پٹی پر باندھ دی اس بیلٹ سے جڑا ہوا ایک آلہ تھا جس پر کچھ ہندسے بنے ہوئے تھے ان ہندسوں پر ایک سوئی تھی جو نیچے اوپر حرکت کرتی تھی۔ اُسی سے منسلک ایک T.V جیسا آلہ رکھا ہوا تھا ۔ اس میں ہلکے سبز رنگ کی روشنی ہو رہی تھی شہباز جب کرسی پر بیٹھا تھا اس کے ہاتھوں پر بیلٹ سے اس کے ہاتھوں کو باندھ دیا گیا۔

اتنا سب ہو جانے کے بعد ڈاکٹر کرسی کے سامنے کھڑا ہو گیا اور اس کے تھوڑا پیچھے نرس کھڑی ہوگئی جہاں

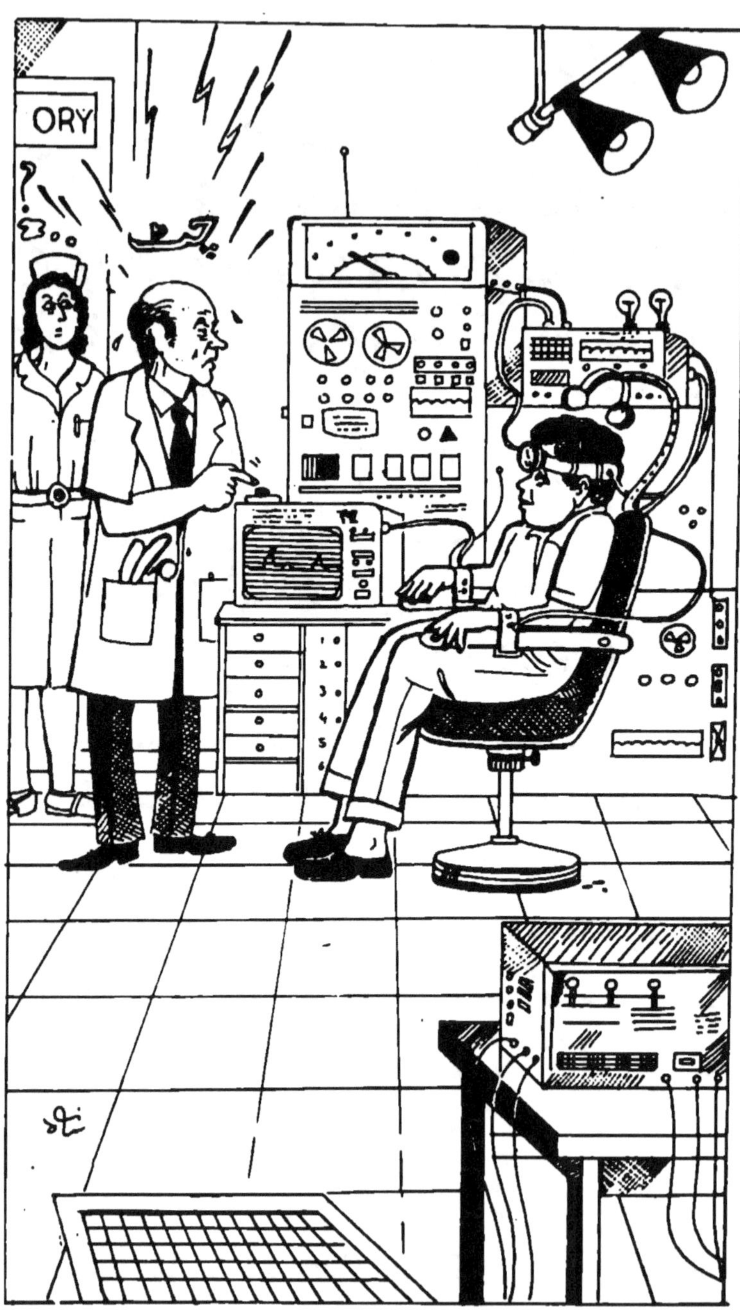
ORY

سے وہ T.V کی طرح بنے ہوئے آلہ پر نظر رکھ سکتی تھی اور اُس پر اُبھرنے والے نشانات نوٹ کر سکتی تھی۔ ڈاکٹر اور نرس پوزیشن لے کر کھڑے ہو گئے۔ ڈاکٹر نے نرس کو اچھی طرح سمجھا دیا کہ اُسے کیا کرنا ہے، پھر ڈاکٹر نے کہا ”یس ریڈی“

اتنا کہہ کر ڈاکٹر نے مشین پر لگے ہوئے سوئچ کی طرف ہاتھ بڑھایا۔ ابھی اُس کا ہاتھ پوری طرح سوئچ تک پہنچنے بھی نہیں پایا تھا کہ ایک زور کی چپت ڈاکٹر کی کھوپڑی پر پڑی اور کمرے میں ”چٹ“ کی آواز گونجی۔ ڈاکٹر کا بڑھتا ہوا ہاتھ رک گیا اور اس نے جلدی سے مڑ کر پیچھے کی طرف دیکھا لیکن وہاں نرس کے علاوہ کوئی موجود نہیں تھا چٹ کی آواز پر نرس نے بھی حیرت سے ڈاکٹر کی طرف دیکھا یہ جاننے کے لیے کہ یہ آواز کہاں سے آئی۔

کھوپڑی پر چپت بہت زور کی لگی تھی۔ ڈاکٹر محسوس کر رہا تھا کہ اتنا مضبوط ہاتھ نرس کا تو ہو نہیں ہو سکتا پھر کس نے اُسے چپت ماری۔ ڈاکٹر کچھ دیر تک سہمی سہمی نظروں سے اِدھر اُدھر دیکھتا رہا۔ پھر نرس سے کہا ”نرس ریڈی“

نرس نے کہا "یس سرّ آئی ایم ریڈی"

اُسی وقت ڈاکٹر نے سوئچ دبانے کے لیے ہاتھ بڑھایا اور اس سے پہلے کہ اس کا ہاتھ سوئچ پر پہنچتا پھر ویسی ہی ایک چٹ اس کی گنجی کھوپڑی پر لگی اور چٹ کی آواز پیدا ہوئی۔ جلدی سے اُس نے مڑ کر دیکھا۔ نرس T۔V نما آلہ کی طرف دیکھ رہی تھی ..... بے اختیار ڈاکٹر کا ہاتھ اپنی کھوپڑی پر گیا اور وہ اپنے ہاتھ سے اپنی چکنی کھوپڑی سہلانے لگا۔ نرس بھی حیران تھی کہ ڈاکٹر ریڈی کہتا ہے اور چٹ کی آواز آتی ہے۔ سوئچ بھی نہیں دبا رہا ہے۔ ڈاکٹر نے نرس سے کہا " نرس تم نے یہاں کسی کو دیکھا؟

یہاں؟ نرس نے حیرت سے جواب دیا۔ یہاں کون ہے سر؟ میں ہوں اور آپ ہیں اور کرسی پر یہ صاحب بیٹھے ہوئے ہیں۔

ڈاکٹر نے شہباز کی طرف خجالت آمیز نظروں سے دیکھ کر پوچھا "کیوں شہباز صاحب! آپ نے تو کسی کو یہاں نہیں دیکھا۔

"جی نہیں" شہباز نے کہا۔

ڈاکٹر بہت حیران ہو رہا تھا کہ کون ہے جو اس کی

کھوپڑی پر چپت لگار ہا ہے اور شہباز دل ہی دل میں ہنس رہا تھا کہ ضرور یہ جن کا کوئی شاگرد ہوگا۔ اُسے اندیشہ ہوا ہوگا کہ کہیں اسلم کا راز نہ کھل جائے اس لیے وہ ڈاکٹر کو اس طرح پریشان کررہا ہے ۔

جب ڈاکٹر کی کچھ سمجھ میں نہ آیا تو اس نے نرس سے کہا " اچھا نرس تم یہاں میری جگہ آؤ اور جب میں کہوں تو تم اس سوئچ کو دبانا۔ ٹھیک ہے ۔

یس سر میں سمجھ گئی ۔

اب نرس کی جگہ ڈاکٹر آگیا اور ڈاکٹر کی جگہ نرس ۔ ڈاکٹر نے پنسل ہاتھ میں لی نظریں T.V نما آلہ پر لگائیں اور نرس سے کہا " ہاں سوئچ آن کرو"

نرس نے سوئچ کو دبانے کے لیے ہاتھ بڑھایا تبھی اُسے ایسا محسوس ہوا جیسے کسی نے اُس کے بال پکڑ کر زور سے کھینچا ہو۔ اس کے منھ سے ہلکی سی چیخ نکل گئی ۔ چیخ سن کر ڈاکٹر اس کی طرف مڑا اور وہ ڈاکٹر کی طرف مڑی اور ایک دم غصہ سے کہا " سر میں یہ برداشت نہیں کرسکتی ؟

ڈاکٹر نے حیران ہو کر پوچھا " کیوں کیا ہوا ؟

آپ نے میرے بال پکڑ کر کیوں کھینچے ؟

ڈاکٹر نے تعجب سے کہا ۔ "نہیں تو۔ میں نے تو تمہارے بالوں کو ہاتھ بھی نہیں لگایا۔ بلکہ تم نے ہی دوبارہ میرے سر پر چپت لگائی تھی ۔

ڈاکٹر صاحب آپ کا دماغ تو ٹھیک ہے ۔ ایک تو اتنی زور سے آپ نے میرے بال پکڑ کر کھینچے ہیں اور الٹا چپت مارنے کا الزام مجھ پر لگا رہے ہیں ۔ میں اپنی بے عزتی برداشت نہیں کر سکتی۔ میں جا رہی ہوں ۔

اتنا کہہ کر نرس جانے لگی ڈاکٹر نے کہا "نرس رُک جاؤ خدا کے لیے رُک جاؤ ۔" میں سچ کہتا ہوں میں نے تمہارے بالوں کو ہاتھ بھی نہیں لگایا۔

پھر کون ہے جس نے میرے بال کھینچے ؟ اُس نے رُکتے ہوئے کہا۔

بڑی عجیب بات ہے ۔ کسی نے مجھے چپت ماری اور تمہارے بال پکڑ کر کھینچے ہیں لیکن یہاں کوئی بھی نظر نہیں آرہا ہے ۔

خیر ایسا کرو۔ تم اس آلہ کے پاس جاؤ میں سوئچ آن کرتا ہوں ۔

پھر ڈاکٹر سوئچ کے پاس آگیا اور نرس آلہ کے پاس کھڑی ہوگئی ۔ آلات کی جانچ کرنے کے لیے ڈاکٹر نے

تمام آلات کو بغور دیکھا ۔ لیکن شہباز کی پیشانی پر بندھا ہوا پٹا کھلا ہوا جھول رہا تھا۔ ڈاکٹر نے غصہ سے نرس سے کہا ۔

نرس تم نے اس بچے کو یونہی کھلا چھوڑ دیا ہتم دن بہ دن غیر ذمہ دار ہوتی جار ہی ہو۔

نرس نے بیلٹ کی طرف دیکھا اور کہا ۔ "میں نے بیلٹ کو اچھی طرح باندھا تھائر یہ کھل کیسے گیا؟

کھلا ہنیں ہے بلکہ تم باندھنا بھول گئی ہو چلو بیلٹ کو اچھی طرح باندھ دو۔

نرس حیرانی کے عالم میں کرسی کی طرف گئی اور جھولتے ہوئے بیلٹ کو اُس نے جیسے ہی ہاتھ لگایا اس کو الیکٹرک شاک لگا اور وہ دور جاکر گری تبھی ریڈنگ لینے والے آلے سے چنگاریاں سے نکلیں اور وہ جلنے لگا ۔

ڈاکٹر بدحواس ہوگیا ۔ اُس نے جلدی سے شہباز کے ہاتھوں کے بیلٹ کھولے اور اُسے کمرے سے چلے جانے کو کہا پھر وہ نرس کی طرف متوجہ ہوا جو زمین پر بے ہوش پڑی ہوئی تھی اور ڈاکٹر کے دونوں امریکی آلات سے دھواں نکل رہا تھا۔

اُس نے آواز دے کر کمپاؤنڈر کو بلوایا اور اس کی مدد

سے نرس کو اٹھا کر دوسرے کمرے میں لایا اور ایک پلنگ پر لٹا دیا۔ پھر لیباریٹری میں لاکر اس نے تمام سوئچ آف کردیئے۔ جلتے ہوئے آلات کو کسی طرح بجھایا۔ ان سب کاموں سے اُس کا چہرہ پسینہ سے شرابور ہوگیا۔ آنکھوں میں وحشت سی جھلکنے لگی۔ نرس کی نبض دیکھی ادھر سے مطمئن ہو کر وہ اُس کمرہ میں آیا جہاں چودھری صاحب بیٹھے ہوئے تھے۔ اس نے دیکھا کہ شہباز ان کے بازو میں اطمینان سے بیٹھا ہوا تھا۔

ڈاکٹر بدحواسی کے عالم میں اپنی کرسی پر بیٹھ کر ہانپنے لگا۔ چودھری صاحب نے اس کی یہ حالت دیکھی تو پوچھا۔ ''کیوں ڈاکٹر صاحب کیا بات ہے؟ آپ کچھ پریشان سے لگ رہے ہیں؟''

چودھری صاحب میں شہباز کا ٹسٹ نہیں لے سکا۔ لیباریٹری میں کچھ ایسی باتیں وقوع پذیر ہوئیں کہ میں حیران رہ گیا۔ نرس بے ہوش ہوگئی اور میرا ڈھائی لاکھ کا آلہ جل کر راکھ ہوگیا۔ وہ تو خیریت گذری کہ شہباز کو کسی قسم کا حادثہ پیش نہیں آیا ورنہ میں منہ دکھانے کے لائق نہ رہتا۔

چودھری صاحب نے یہ باتیں سنیں تو وہ بھی گھبرا گئے

اور شہباز کی طرف دیکھنے لگے پھر اس سے پوچھا "کیوں بیٹے تمہیں کچھ ہوا تو نہیں؟

جی نہیں ڈیڈی میں بالکل ٹھیک ہوں۔

پھر چودھری صاحب نے ڈاکٹر سے پوچھا "لیکن یہ سب ہوا کیسے۔ تمہارے آلہ میں تو کوئی خرابی نہیں تھی۔

نہیں چودھری صاحب آلہ تو بالکل ٹھیک تھا۔ پہلے تو ہمیں یوں محسوس ہوا کہ ہمارے علاوہ بھی کوئی کمرے میں موجود ہے جو ہمیں تنگ کر رہا ہے۔ پھر میں نے نرس سے بیلٹ باندھنے کو کہا جیسے ہی اس نے بیلٹ کو ہاتھ لگایا اُسے کرنٹ لگا اور وہ دور جاکر گر پڑی بس اسی لمحے آلات جلنے لگے وہ تو اچھا ہوا میں نے جلدی سے شہباز کو کرسی سے اٹھالیا ورنہ نہ جانے آج کیا ہو جاتا۔ میرا نام مٹی میں مل جاتا۔

"مجھے افسوس ڈاکٹر کہ آپ کے ساتھ یہ حادثہ پیش آیا اور آپ کا نقصان ہوا۔ اچھا میں چلتا ہوں۔ مجھے اسٹیٹ جانا ہے میں بعد میں آپ کو فون کروں گا۔ اتنا کہہ کر چودھری صاحب شہباز کو لے کر باہر آئے کار میں بیٹھے اور کار وہاں سے روانہ ہوگئی۔

چودھری صاحب نے ڈرائیور سے اسٹیٹ چلنے کو کہا

کار مختلف سڑکوں سے گذرنے لگی راستے میں چودھری صاحب نے شہباز سے پوچھا کہ ڈاکٹر کی لیبارٹری میں کیا واقعہ پیش آیا تھا۔

شہباز نے کہا " پہلے تو انھوں نے مجھے کرسی پر بٹھایا۔ بیلٹ وغیرہ باندھ دیا پھر نہ جانے کس بات پر نرس اور ڈاکٹر میں بحث ہوئی اس کے بعد ڈاکٹر نے آلات کو دیکھا تو میری پیشانی کا بیلٹ کھلا ہوا تھا۔ ڈاکٹر نرس کے اوپر غصہ ہوا۔ نرس نے بیلٹ کو ہاتھ لگایا تو اس کو کرنٹ لگا وہ گر پڑی اور بے ہوش ہوگئی لیکن اُسی لمحہ آلات سے چنگاریاں نکلیں اور وہ جلنے لگے۔ ڈاکٹر نے مجھے کرسی سے اٹھایا اور باہر جانے کو کہا اور میں آکر آپ کے پاس بیٹھ گیا۔

چودھری صاحب نے کہا " ہوسکتا ہے کہ آلات میں کچھ خرابی پیدا ہوگئی ہو، جس کی وجہ سے وہ برابر کام نہ کرسکے ہوں گے اور نرس کو کرنٹ لگا ہوگا۔ خیر تمہیں تو کچھ نہیں ہوا نا ؟

جی نہیں ڈیڈی میں تو بالکل محفوظ رہا۔

خدا کا لاکھ لاکھ شکر ہے۔

اسی طرح باتیں کرتے کرتے کار شہر کی سرحدوں کو پار کر گئی اب نہ تو مکان تھے نہ بلڈنگیں۔ اب چاروں طرف

سبزہ ہی سبزہ تھا۔ درخت ہی درخت پودے ہی پودے اور ان کے بیچ میں بنی ہوئی کو لتار کی ہموار سٹرک ۔

تھوڑی دیر میں کار ایک بہت بڑے فارم میں داخل ہوئی جس کے بہت بڑے دروازے پر "چودھری فوڈ انڈسٹریز" کا بورڈ لگا ہوا تھا۔ وہاں سے گذر کر کار ایک بہت بڑی عمارت کے سامنے جاکر رُک گئی ۔ جیسے ہی کار رُکی دروازے پر کھڑا ہوا دربان دوڑ کر آیا اور اُس نے کار کا دروازہ کھولا ۔ چودھری صاحب اور شہباز کار سے باہر آئے تو چوکیدار نے اُنھیں سلامی دی۔ چودھری صاحب نے سر کے اشارے سے اُس کی سلامی کا جواب دیا اور شہباز کو لے کر سیڑھیاں چڑھنے لگے ۔ سیڑھیوں کو پار کیا تو دروازہ تھا۔ دروازہ سے اندر داخل ہوئے یہ ایک بہت بڑا ہال تھا جس میں بہت سارے لوگ مختلف کاموں میں مصروف تھے ۔ اِنھوں نے چودھری صاحب کو آتے دیکھا تو اپنی جگہوں سے اٹھ کھڑے ہوئے اور سلام کرنے لگے چودھری صاحب سر کے ہلکے اشارے سے ہر ایک کے سلام کا جواب دیتے ہوئے آگے بڑھتے رہے۔ ہال کے آخری سرے پر ایک کیبن تھا۔ وہاں ایک چپراسی کھڑا ہوا تھا۔ چودھری صاحب جب وہاں پہنچے تو اُس نے

دروازہ کھولا۔ چودھری صاحب اور شہباز اندر داخل ہوئے۔ یہ ایک بہت ہی کشادہ کمرہ تھا جو چودھری صاحب کے آفس کے طور پر استعمال ہوتا تھا۔

اس کمرے میں بالکل سامنے ایک بڑی سی میز رکھی ہوئی تھی اور پیچھے ایک گھومنے والی کرسی تھی۔ میز کے اطراف میں کئی کرسیاں رکھی ہوئی تھیں۔ گھومنے والی کرسی کی پشت پر جو دیوار تھی اُس پر دُنیا کا نقشہ بنا ہوا تھا جہاں "چودھری فوڈ انڈسٹریز" کی مصنوعات بھیجی جاتی تھیں۔ ٹیبل پر ٹیلی فون رکھے ہوئے تھے۔ پشت کی جانب ایک چھوٹا سا دروازہ تھا جو باتھ روم میں کھلتا تھا۔ سامنے شیشے لگے ہوئے تھے اور اُن پر پردے ٹنگے ہوئے تھے۔

چودھری صاحب گھومنے والی کرسی پر جاکر بیٹھ گئے اور بازو کی کرسی پر شہباز کو بیٹھنے کا اشارہ کیا۔

شہباز کرسی پر بیٹھ گیا اور حیران نگاہوں سے آفس کا جائزہ لینے لگا۔ چودھری صاحب اس کی صورت دیکھ رہے تھے کہ شاید کسی چیز کو وہ شناخت کرسکے۔ اور اس کی یاد داشت واپس آ سکے لیکن ایسا کچھ بھی نہیں ہوا۔

چودھری صاحب نے شہباز سے پوچھا "کیوں کچھ یاد آیا؟

نہیں کچھ بھی نہیں ۔

ایسا نہیں لگتا کہ تم پہلے بھی کبھی یہاں آچکے ہو؟

جی نہیں ۔ بالکل نیا سالگ رہا ہے ۔

اسی وقت کسی نے "می آئی کم اِن سر" کہا۔

چودھری صاحب نے "یس کم اِن" کہا اور ایک شخص جو سوٹ بوٹ میں تھا اندر داخل ہوا۔ اُس کے ہاتھ میں ایک فائل تھی ۔ اس نے پہلے چودھری صاحب کو اور پھر شہباز کو گڈ مارننگ کہا اور پھر نہایت احترام کے ساتھ وہ فائل چودھری صاحب کے سامنے رکھ دی ۔ اُس فائل میں کچھ ٹائپ کیے ہوئے لیٹر تھے ۔ چودھری صاحب ہر ایک لیٹر کو بغور پڑھتے ۔ کہیں کہیں کچھ سوالات کرتے یا نشانات لگاتے پھر آخر میں دستخط کرتے ۔

جب تمام لیٹرس پر دستخط ہوگئے تو وہ شخص چلا گیا۔ اس کے جانے کے تھوڑی دیر بعد چودھری صاحب نے گھنٹی بجائی اور ایک چپراسی اندر داخل ہوا۔ ہاتھ باندھ کر کھڑا ہوگیا۔

چودھری صاحب نے شہباز کی طرف دیکھ کر کہا ۔

بیٹے کچھ پیوگے کافی ، چائے ، شربت ۔

جی آپ کچھ بھی پلوا دیجیے ۔ شہباز نے کہا۔

چودھری صاحب نے چپڑاسی سے کہا " اچھا دیکھو میرے لیے کافی لے آنا اور شہباز کے لیے ایپل جوس ۔

یہ سُن کر چپڑاسی باہر چلا گیا اور تھوڑی دیر میں دونوں چیزیں لے کر آگیا ۔ کافی کا پیالہ چودھری صاحب اور ایپل جوس کا گلاس شہباز کو دے کر چلا گیا ۔

شہباز نے سیب کے رس کا گلاس منہ سے لگا یا ۔ بہت ہی ٹھنڈا اور مزے دار رس تھا ۔ طبیعت تروتازہ ہو گئی ۔

چودھری صاحب نے کافی ختم کی وہ اُٹھ کھڑے ہوئے ۔ شہباز بھی اُٹھ کھڑا ہوا درمیانی ہال سے گذر کر وہ وہاں آئے جہاں کار کھڑی ہوئی تھی ۔ دونوں کار کے اندر بیٹھ گئے ۔ کار وہاں سے روانہ ہوئی ۔

چودھری صاحب کا فارم بہت ہی وسیع و عریض تھا۔ سینکڑوں ایکڑ زمین پر ان کے باغات اور کھیت تھے ، جس میں طرح طرح کے پھل سبزیاں اور اناج پیدا ہوئے تھے ۔ انتہائی جدید طریقوں سے پورا کام ہوتا تھا۔ کھیتوں اور باغوں کے بیچ پختہ سڑکیں بنی ہوئی تھیں جن کے ذریعہ کار ٹریکٹر اور ٹرک ایک سرے سے دوسرے سرے تک بہ آسانی آجا سکتے تھے ۔ چودھری صاحب کی کار

اسی سٹرک سے گذر رہی تھی ۔ طرح طرح کے پھلوں کے درخت پودے اور جھاڑیاں لہلہار ہی تھیں ۔ شاداب پودوں کی قطاریں حد نظر تک پھیلی ہوئی تھیں جن میں جگہ جگہ مزدور کام کر رہے تھے ۔ مزدوروں کی نظر چودھری صاحب کی کار پر پڑتی تو اٹھ اٹھ کر اُنھیں سلام کرتے۔

اسی طرح تقریباً ایک گھنٹہ تک وہ باغات اور کھیتوں کا معائنہ کرتے رہے ۔ پھر وہاں سے واپس آکر چودھری صاحب کچھ دیر اپنے آفس میں رُکے ۔ مزاحشمت بیگ کو بلا کر کچھ باتیں پوچھیں اور کچھ ہدایتیں دیں اور پھر شہباز کو لے کر وہاں سے روانہ ہوئے تو سیدھے حویلی میں آئے ۔ اُس وقت تک دو پہر کے ساڑھے ۱۲ بج چکے تھے ۔ بیگم چودھری ڈرائنگ روم میں ہی بیٹھی ہوئی تھیں ۔ اُنھوں نے مسکرا کر ان کا استقبال کیا اور چودھری صاحب نے اُنھیں تفصیل سے ڈاکٹر کے یہاں پیش آنے والا واقعہ بتایا ۔

بیگم چودھری کو جب یہ بات معلوم ہوئی تو اُنھوں نے چودھری صاحب کو سختی سے منع کر دیا کہ کسی ڈاکٹر کے پاس نہ لے جائیں ۔ بچہ ہمیں مل گیا ہے یاد داشت کا کیا ہے کبھی بھی آجائے گی اور نہ بھی آئے تو کیا مہینہ دو مہینہ میں سب کچھ سمجھ جائے گا وہ بیٹھے باتیں کر رہے تھے

کہ نسرین اور پرویز وہاں آگئے اور شہباز ان کے ساتھ اُٹھ کر باغ میں آگیا۔

پرویز بہت ہوشیار لڑکا تھا لیکن نسرین اس سے بھی زیادہ چالاک تھی نسرین نے کئی سوالات شہباز سے کئے جو اس کی گذری ہوئی زندگی سے متعلق تھے لیکن وہ ان کا کچھ جواب نہیں دے پایا۔ تبھی مرزا حشمت بیگ کی کار کمپاؤنڈ میں داخل ہوئی۔ اُس نے کار گیریج میں کھڑی کی اور سیدھا ڈرائنگ روم میں چلا گیا جہاں چودھری صاحب اور بیگم صاحب بیٹھی ہوئی تھیں۔ بدر کی آواز سن کر نسرین کی ممی بھی اپنے کمرے سے نکل کر آئیں اور ڈرائنگ روم میں چلی گئیں۔

مرزا حشمت بیگ نے پوچھا " بھائی صاحب کیا بتایا ڈاکٹر نے شہباز کے متعلق ؟

چودھری صاحب نے کہا " ڈاکٹر کے دواخانہ میں ایک عجیب واقعہ پیش آیا وہ شہباز کا ٹسٹ لینا چاہتا تھا، لیکن نہ جانے اس کی مشینوں میں کیا خرابی پیدا ہوگئی کہ اس کا آلہ جل گیا اور شاک لگنے سے نرس بے ہوش ہوگئی۔ شہباز کو تو کچھ نہیں ہوا نا ؟ حشمت بیگ نے جلدی سے پوچھا۔

نہیں! وہ خدا کے فضل سے بالکل محفوظ ہے ۔

بھائی صاحب ، میرے تعلقات ایک ڈاکٹر سے ہیں جو دماغی امراض میں مہارت رکھتا ہے اگر آپ اجازت دیں تو میں شہباز کو اُسے لے جاکر دکھاؤں ۔

بیگم چودھری نے کہا " نہیں ، کوئی ضرورت نہیں ہے ۔ بچہ گھر میں ہے نا! بس !

باجی یہ بھی تو ہوسکتا ہے کہ یہ لڑکا شہباز نہ ہو، کوئی اور ہو ۔ جس کی شکل اُس سے ملتی جلتی ہو اور اُسے شہباز کی جگہ یہاں بھیج دیا گیا ہو !

نہیں یہ ممکن نہیں ہے ۔ چودھری صاحب نے کہا ۔ اتنی مشابہت تو جڑواں بھائیوں میں بھی نہیں ہوسکتی ۔ اس کی شکل وصورت ، چال ڈھال اور مکمل جسمانی ساخت شہباز سے مطابقت رکھتی ہے ۔ نہیں ایسا نہیں ہوسکتا جیسا تم سمجھ رہے ہو ۔ یہ اپنا شہباز ہی ہے ۔

" خیر بھائی صاحب ! میرے دل میں ایک بات آئی تھی سو میں نے کہہ دی ۔" یہ کہہ کر حشمت بیگ نے اپنی بات ختم کردی ۔

اسی وقت خادمہ نے کھانا لگائے جانے کی اطلاع دی اور سب لوگ اُٹھ کر ڈائننگ روم کی طرف چلے ۔

بچوں کو بھی بلوا لیا گیا۔

کھانا کھا لینے کے بعد سب لوگ اپنے اپنے کمروں میں چلے گئے۔ چودھری صاحب کار لے کر اسٹیٹ چلے گئے۔ شہباز بیگم چودھری کے ساتھ ان کے کمرے میں چلا گیا۔ حشمت بیگ اپنی بیوی بچوں کے ساتھ اپنے کمرے میں چلا گیا۔ سامنے کے ورانڈے میں بچے کھیل کود میں مصروف ہو گئے۔ حشمت بیگ کی بیوی صبیحہ نے اُس سے کہا "کیا ہوا؟ اُن لوگوں سے جا کر ملے یا نہیں؟

اُنھیں لوگوں سے مل کر آرہا ہوں۔ حشمت بیگ نے کہا "اُن کا ایک ساتھی آج رات یہاں آئے گا اور جب شہباز سو رہا ہوگا وہ اُس کا کام تمام کر دے گا۔

"لیکن وہ اندر آئے گا کیسے؟" صبیحہ نے مضطرب ہو کر کہا "گیٹ پر چوکیدار ہوتا ہے اور کمپاؤنڈ کی دیواریں بہت اونچی ہیں۔

تم فکر مت کرو میں نے سب انتظام کر لیا ہے۔ رات میں' جب میں آؤں گا تو اُسے اپنی گاڑی میں پیچھے کی سیٹ کے پاس چھپا کر لے آؤں گا۔ پھر وہ ہمارے کمرے میں چھپا ہوا رہے گا۔ رات کو موقع دیکھ کر شہباز کو ختم کر دے گا اور بھاگ نکلے گا۔

ٹھیک ہے سب کام ہوشیاری سے کرنا ایسا نہ ہو کہ ہم پر کسی کو شک ہو یا وہ آدمی پکڑا جائے اور بھانڈا پھوٹ جائے ۔

نہیں میں نے اس کا بھی انتظام کر دیا ہے۔ جیسے ہی وہ آدمی باہر نکلے گا۔ باہر چھپا ہوا ایک آدمی اُس کو گولی مار کر ختم کر دے گا۔ اِس طرح راز فاش بھی نہ ہوگا اور ہم پر کسی کو شک بھی نہیں ہوگا ۔ اِن باتوں سے صبیحہ مطمئن ہو گئی ۔

———

شام کو چار بجے ایک اور ٹیچر آئیں جو شہباز کو کچھ مضامین پڑھانے کے لیے رکھی گئی تھیں شہباز اُنھیں بھی نہیں پہچان سکا ۔ بیگم چودھری نے اُنھیں بھی تمام باتیں سمجھا دیں اور کل سے آنے کے لیے کہا ۔

شہباز کی تعلیم کا مکمل انتظام گھر پر ہی کیا گیا تھا ۔ الگ الگ ٹیچر تھے جو اُسے الگ الگ اوقات میں آ کر الگ الگ مضامین پڑھایا کرتے تھے ۔ وہ کسی اسکول میں نہیں جاتا تھا ۔ اس کی تعلیم کا باقاعدہ انتظام گھر

پر ہی کر دیا گیا تھا۔

—

رات کا کھانا کھا لینے کے بعد سب لوگ اپنے اپنے کمروں میں چلے گئے۔ شہباز کو علی الصبح اُٹھنے کی عادت تھی اس لیے وہ جلدی سو جایا کرتا تھا۔ کھانا کھا لینے کے بعد آنکھیں بوجھل سی لگنے لگیں اپنے کمرے میں آکر اُس نے لباس تبدیل کیا اور پلنگ پر لیٹ گیا۔ تھوڑی دیر میں گہری نیند سو گیا۔

—

رات کا کھانا کھا لینے کے بعد مرزا حشمت بیگ اپنی گاڑی لے کر باہر چلا گیا۔ اُسے معلوم تھا کہ چودھری صاحب ٹھیک گیارہ بجے سو جانے ہیں اور حویلی کی بتیاں بجھا دی جاتی ہیں۔

جن غنڈوں نے شہباز کا اغوا کیا تھا اور پہاڑی سے گرا کر مار ڈالا تھا ان ہی میں سے ایک کو مرزا حشمت بیگ

کے ساتھ آنا تھا۔ یہ ایک خونخوار قسم کا غنڈہ تھا جسے کمرہ میں پہنچ کر شہباز کا قتل کرنا تھا اور پھر فرار ہوجانا تھا۔ لیکن اُسے یہ خبر نہیں تھی کہ جیسے ہی وہ باہر نکلے گا اندھیرے گوشے سے ایک گولی آئے گی اور اُسے ہمیشہ کے لیے سلا دے گی۔

اس کام کے لیے حشمت بیگ کو دس ہزار روپے دینے پڑے تھے لیکن وہ جانتا تھا کہ اگر شہباز راستے سے ہٹ گیا تو چودھری صاحب اس کے بیٹے پرویز کو گود لے لیں گے اور چودھری صاحب کے مرنے کے بعد کروڑوں کی دولت کا مالک اس کا بیٹا بن جائے گا۔ اس دولت کو حاصل کرنے کے لیے وہ کوئی بھی بازی کھیلنے کو تیار تھا۔

رات کو ساڑھے گیارہ بجے مرزا حشمت بیگ نے اُس غنڈہ کو اپنی کار کی پچھلی سیٹ کی خالی جگہ میں چھپا دیا اور کار لے کر حویلی کے پھاٹک پر پہنچا پھاٹک بند تھا ہارن کی آواز سن کر چوکیدار نے دروازہ کھولا اور کار اندر داخل ہوئی۔ گیٹ پر کچھ زیادہ اجالا نہیں تھا اور کار کے اندر اندھیرا تھا اس لیے چوکیدار کار کی پچھلی سیٹ کی خالی جگہ میں لیٹے ہوئے آدمی کو نہیں دیکھ سکا۔ کار اندر چلی گئی تو اُس نے پھاٹک بند کرکے تالا لگا دیا۔

حشمت بیگ نے کار اپنے کمرے کے دروازے کے پاس روکی اُسے ایک اندھیری جگہ اُتار دیا اور رُکنے کو کہا۔ خود جا کر گیریج میں کار رکھی اور وہاں سے واپس آکر غنڈہ کو ساتھ لے کر اپنے کمرہ کے پاس آیا۔ اس کے کمرہ کے بازو میں ایک چھوٹا سا کمرہ تھا جو اسٹاک روم کے طور پر استعمال ہوتا تھا۔ اُس نے غنڈہ کو اس کمرہ میں بند کردیا اور کہا کہ میں تمہیں رات میں دو بجے جگا دوں گا۔ اتنا کہہ کر وہ اپنے کمرہ میں آیا۔ صبیحہ جاگ رہی تھی ۔۔۔۔۔۔۔۔

مزاحشمت بیگ کو دیکھ کر صبیحہ نے بے چینی سے پوچھا۔ "پورا انتظام کرکے آئے یا یونہی چلے آئے؟

فکر مت کرو۔ پورے انتظام سے آیا ہوں۔ اُسے بازو کے کمرے میں بند کردیا ہے۔ رات کو دو بجے جب سب لوگ گہری نیند میں ڈوبے ہوئے ہوں گے وہ شہباز کا کام تمام کرکے فرار ہو جائے گا اور کسی کو کان و کان خبر بھی نہ ہوگی جب باہر اس کی لاش ملے گی تب اُس کو یقین آئے گا کہ قتل اُسی شخص نے کیا تھا۔ اُس کے ہاتھ کا چاقو اُسے قاتل ثابت کرنے کے لیے کافی ہوگا۔

لیکن وہ فرار کیسے ہوگا دروازہ میں تو تالا لگا ہوتا ہے۔ صبیحہ نے پوچھا۔

"میں نے دیوار کے پاس سیڑھی رکھوا دی ہے اور اُسے بتا دیا ہے وہ اُس سیڑھی کے ذریعہ دیوار پھاند جائے گا" حشمت بیگ نے سمجھایا۔

اچھا اب سوجاؤ، رات کے دو بجے اُٹھنا ہے۔ صبیحہ نے کہا۔

دو بجے کا الارم لگا کر، کھڑکی کے دروازے اچھی طرح بند کرکے وہ سوگئے۔

____

رات کو دو بجے الارم بجنے کے ساتھ ہی صبیحہ کی آنکھ کھل گئی۔ اُس نے جلدی سے الارم بند کیا اور حشمت بیگ کو بیدار کیا۔

حشمت نے اُٹھ کر نہایت آہستگی سے دروازہ کھولا۔ خاموشی سے پنجوں کے بل چلتا ہوا اس کمرہ کے پاس آیا جہاں وہ غنڈہ سو رہا تھا۔ دروازہ کھول کر حشمت بیگ نے اُسے جگایا جب وہ جاگ کر اچھی طرح تیار ہوگیا تو اُس نے اُس کمرہ کا پتہ اُسے سمجھایا جہاں شہباز سو رہا تھا۔

غنڈے نے ہاتھ میں چاقو لیا اور شہباز کے کمرے کی طرف بڑھا۔ جب وہ کمرے کے پاس پہنچ گیا تو حشمت بیگ چپکے سے آکر اپنے کمرے میں لیٹ گیا۔

غنڈے نے شہباز کا کمرہ آہستہ سے کھولنا چاہا۔ دروازہ نہیں کھلا کیونکہ وہ اندر سے بند تھا۔ پھر وہ کھڑکی کی طرف آیا۔ کھڑکی بھی بند تھی لیکن کھڑکی کے اوپر روشن دان تھا جو کھلا ہوا تھا۔ کھڑکی میں سلاخیں نہیں تھیں۔ وہ کھڑکی پر چڑھ گیا اور روشن دان میں سے ہاتھ ڈال کر کھڑکی کھول لی۔ کھڑکی کے کھلتے ہی وہ نہایت خاموشی سے کمرے کے اندر کود گیا اور پھر کھڑکی کے پٹ اندر سے بند کر دیئے۔ کمرہ میں زیرو کا بلب جل رہا تھا۔ اس کی مدھم روشنی میں اس نے دیکھا کہ کمرہ کے بیچ میں پلنگ ہے اور پلنگ پر شہباز بڑی گہری نیند سو رہا تھا۔ غنڈے نے چاقو کو کھول کر مضبوطی سے سیدھے ہاتھ میں پکڑ لیا اور آہستہ آہستہ قدم اٹھاتا ہوا شہباز کے پلنگ کے پاس پہنچ گیا۔ جب شہباز بالکل نشانے پر آگیا تو اس نے چاقو والا ہاتھ اٹھایا اور وار کرنا ہی چاہتا تھا کہ اسے ایسا لگا جیسے کسی نے اس کی کلائی پکڑ کر مروڑ دی ہو۔ ایک چیخ اس کے منھ سے نکلتے نکلتے رہ گئی۔ وہ ایک جھٹکے سے پیچھے مڑا لیکن وہاں کوئی نہیں تھا۔ اسے

بہت تعجب ہوا۔ اُس نے نیم تاریک کمرہ کا اچھی طرح جائزہ لیا لیکن اُسے کُچھ بھی دکھائی نہیں دیا۔ تھوڑی دیر تک وہ اپنی جگہ کھڑا ہو کر آہٹ سُننے کی کوشش کرتا رہا لیکن اُسے ہلکی سی بھی آہٹ سنائی نہیں دی۔ پھر اُس نے ہمت کی اور چاقو کو مضبوطی سے ہاتھ میں پکڑا اور بڑے ہی بچے تلے ہوئے انداز میں وار کرنا ہی چاہتا تھا کہ ایک زور دار گھونسہ اُس کے منہ پر پڑا اور وہ اچھلتا ہوا تقریباً چار فٹ دور جا کر گرا۔ اس کا چاقو بھی ہاتھ سے چھوٹ کر دور جا گرا ایک بھیانک چیخ اُس کے مُنھ سے نکلی اور پوری حویلی اُس چیخ سے گونج اُٹھی۔ شہباز بھی اس چیخ کو سُن کر بیدار ہو گیا۔ تبھی اُس غنڈہ کو ایسا لگا کہ کسی نے اُسے ہاتھوں میں اُٹھا لیا ہے۔ اُس نے ہوا میں چکر کھایا اور پھر کسی نے اُسے اُٹھا کر زور سے پھینک دیا۔ اس کا پورا جسم دیوار سے جا ٹکرایا اور پھر وہ دھڑام سے نیچے گر پڑا۔ اس کی آنکھوں میں ستارے ناچنے لگے اور ناک سے خون بہنے لگا۔ وہ انتہائی پھرتی سے اُٹھا، سیدھا دروازے کی طرف آیا۔ تیزی سے اُس نے دروازہ کھولا اور جس طرف سیڑھی رکھی ہوئی تھی بھاگ کھڑا ہوا۔

غنڈے کی چیخ کی بھیانک آواز سے حویلی کے تمام

ہی لوگ جاگ گئے۔ چوکیدار بھی اُٹھ بیٹھا۔ وہ حویلی کی
طرف آنا ہی چاہتا تھا کہ اُسے ایک آدمی دروازے کے
پاس کی دیوار کی طرف بھاگتا ہوا دکھائی دیا۔ چوکیدار
اُسے پکڑنے کے لیے اس کی طرف دوڑا جیسے ہی چوکیدار
اُس کے قریب پہنچا اُس نے گھوم کر ایک زور دار گھونسہ
چوکیدار کے منھ پر مارا۔ چوکیدار گر پڑا۔ بس اُسی وقت
وہ دوڑتا ہوا سیڑھی کے پاس پہنچا، سیڑھی کھڑی کرکے
دیوار سے لگا دی اور انتہائی تیزی سے دیوار پر چڑھ گیا
اور پھر دوسری طرف کود گیا۔ کود کر وہ ایک سمت کو بھاگا
لیکن تبھی اندھیرے سے کسی نے اُسے گولی ماری اور
وہ وہیں گر کر مر گیا۔

حویلی کے تمام لوگ دوڑتے بھاگتے شہباز کے کمرے
میں آئے۔ شہباز سہما ہوا اپنے پلنگ کے پاس کھڑا تھا۔
چودھری صاحب نے اُسے دیکھا تو وہ دوڑ کر اُسے لپٹ
گئے۔ بیگم چودھری بھی دوڑتی بھاگتی شہباز کے کمرے میں
آئیں شہباز کو صحیح سلامت دیکھ کر اُنھیں اطمینان ہوا۔
اِنھوں نے کمرے کی لائٹ جلا دی اور شہباز کے قریب
پہنچ کر کہا ” بیٹے شہباز تم ٹھیک تو ہو نا ؟

جی ہاں ممی ، میں بالکل ٹھیک ہوں ۔

گھر کے دوسرے ملازم بھی دوڑ کر وہاں آ گئے ۔ اُسی وقت چودھری صاحب کی نظر کمرے پر پڑے ہوئے چاقو پر گئی ۔ اُنھوں نے سب کو خبردار کیا کہ کوئی چاقو کو ہاتھ نہ لگائے ۔

اتنے میں صبیحہ اور حشمت بیگ بھی کمرے میں پہنچ گئے ۔ دونوں نے شہباز کو زندہ دیکھا تو حیران رہ گئے وہ تو یہ سمجھ کر آئے تھے کہ شہباز مر چکا ہوگا ۔ مرزا حشمت بیگ نے چودھری صاحب سے پوچھا "کیوں بھائی صاحب یہ کیسا ہنگامہ تھا ۔

چودھری صاحب نے کہا " ایسا لگتا ہے کسی نے شہباز پر قاتلانہ حملہ کیا تھا ۔ دیکھو چاقو پڑا ہوا ہے ؟

چاقو کو دیکھ کر حشمت بیگ سناٹے میں آ گیا ۔ وہی چاقو تھا جو اُس نے غنڈے کے پاس دیکھا تھا ۔

پھر چودھری صاحب نے شہباز سے پوچھا ۔ کیوں بیٹے کون تھا وہ ؟ تم نے اُسے پہچانا ؟

جی نہیں ڈیڈی می میں اُسے نہیں پہچان سکا ۔

ہوا کیا تھا ؟ تم نے کیا دیکھا ؟ حشمت بیگ نے پوچھا ۔

شہباز نے کہا کمرے میں کچھ آواز ہوئی اور میری آنکھ

کھُل گئی میں نے دیکھا ایک آدمی چاقو لے کر میری طرف بڑھ رہا تھا اچانک وہ زمین پر گر پڑا اور چاقو اس کے ہاتھ سے چھوٹ گیا ایک چیخ اس کے منہ سے نکلی پھر وہ اٹھ کر بھاگنا چاہتا تھا کہ دیوار سے جا ٹکرایا اور گر پڑا۔ پھر تیزی سے اٹھا اور دروازہ کھول کر بھاگ نکلا۔

اُسی وقت چوکیدار دوڑتا ہوا کمرے میں آیا اور چودھری صاحب کو مخاطب کر کے کہا " بڑے سرکار! میں نے ایک آدمی کو یہاں سے بھاگتے ہوئے دیکھا اور اُسے پکڑنے کے لیے دوڑا اُس نے گھوم کر میرے منہ پر گھونسہ مارا اور باغ کی سیڑھی دیوار سے لگا کر دیوار پر چڑھ گیا اور کود گیا۔ تھوڑی دیر بعد گولی چلنے کی آواز آئی ۔ میں نے دروازہ کھول کر باہر جا کر دیکھا۔ اُس آدمی کی لاش سٹرک پر پڑی ہوئی تھی ۔ کسی نے اُسے گولی مار کر ختم کر دیا ۔

اُسی وقت چودھری صاحب نے ٹیلی فون کے ذریعہ پولس کو اطلاع دی ۔ دس منٹ میں پولس انسپکٹر سپاہیوں کے ساتھ وہاں پہنچ گیا ۔

اُس نے چاقو اپنے قبضہ میں کیا۔ سٹرک پر پڑی ہوئی لاش کو جا کر دیکھا اور حویلی سے فون کر کے فوٹوگرافر اور فنگر پرنٹس ایکسپرٹ کو بلوالیا۔ ساتھ ہی ہاسپٹل فون کر دیا تاکہ ایمبولینس

اُٹھائے۔ پھر اُس نے چودھری صاحب سے کچھ سوالات کئے۔

چودھری صاحب نے یہی کہا کہ اُنھوں نے چیخ کی آواز سنی اور دوڑ کر شہباز کے کمرے میں آئے۔ یہاں شہباز سہما ہوا کھڑا تھا اور چاقو فرش پر پڑا ہوا تھا۔

شہباز سے بھی انسپکٹر نے مختلف سوالات کئے جن کے جواب میں اُس نے کہا کہ کسی کھٹکے سے میری آنکھ کھل گئی میں نے ایک آدمی کو چاقو لے کر اپنی طرف بڑھتے ہوئے دیکھا اچانک وہ فرش پر گر پڑا چاقو اس کے ہاتھ سے چھوٹ گیا اور پھر وہ دروازہ کھول کر بھاگ گیا''

چوکیدار نے پولس انسپکٹر کو بتایا کہ ''شور کی آواز سُن کر وہ حویلی کی طرف دوڑا تبھی ایک آدمی اُسے بھاگتا ہوا نظر آیا۔ میں نے اُسے پکڑنا چاہا اُس نے مجھے گھونسہ مار کر گرا دیا اور سیڑھی لگا کر دیوار پر چڑھ گیا اور دوسری جانب کود گیا۔ تھوڑی دیر بعد گولی چلنے کی آواز سنائی دی، میں نے باہر جاکر دیکھا کہ وہی آدمی سٹرک پر مرا ہوا پڑا تھا۔ یہ بات میں نے چودھری صاحب کو بتائی''

سب کے بیانات لکھ لینے کے بعد انسپکٹر نے رپورٹ تیار کی۔ فوٹو گرافر اور فنگر پرنٹس لینے والے آ گئے تھے ایمبولینس بھی آگئی تھی۔ لاش کا پنچ نامہ کروا کر پوسٹ مارٹم

کے لیے بھجوا دیا گیا۔

حویلی کے تمام لوگ پریشان تھے کہ کون ہے جو شہباز کو ختم کر دینا چاہتا ہے۔ چودھری صاحب سوچ رہے تھے کہ ایسا کون ہوسکتا ہے جس کو شہباز کی موت سے فائدہ حاصل ہوسکتا ہے لیکن اس کا کوئی اطمینان بخش جواب اُنھیں نہیں سوجھ رہا تھا۔

بیگم صاحبہ کی پریشانی کا عجیب ہی عالم تھا۔ وہ کسی طرح شہباز کو خود سے الگ نہیں کر رہی تھیں جیسے اُنھیں اندیشہ ہو کہ اُن سے جُدا ہوکر شہباز ہمیشہ کے لیے بچھڑ جائے گا۔

تمام کارروائی ہو جانے کے بعد سب لوگ اپنے اپنے کمرے میں چلے گئے۔ شہباز کو بیگم صاحبہ اپنے ساتھ لے گئیں۔ چودھری صاحب اپنے کمرے میں چلے گئے مرزا عصمت بیگ اور صبیحہ اپنے کمرے میں چلے آئے۔ ان کے چہروں پر مردنی چھائی ہوئی تھی۔ شہباز کو راستے سے ہٹانے کا اتنا اچھا پروگرام بنانے کے باوجود وہ اس کا بال بھی بیکا نہ کر سکے اور ایک غنڈے کو اپنی جان سے ہاتھ دھونے پڑے۔

دونوں نے آپس میں کوئی بات نہ کی اور بستر پر

جا کر خاموشی سے سو گئے ۔

دوسرے دن صبح پانچ بجے شہباز جاگ اُٹھا۔ فجر کی نماز ادا کی اور باغ میں آ کر بیٹھ گیا۔ باغ کا مالی اپنے کام میں مصروف تھا۔ شہباز بھی اُٹھ کر اُس کے پاس گیا اور پودوں کو پانی دینے لگا ۔ یہ دیکھ کر مالی نے کہا ۔ "چھوٹے سرکار آپ یہ کام مت کرو بیگم صاحبہ دیکھ لیں گی تو ہم پر ناراض ہوں گی ۔

شہباز نے کہا " مالی چاچا ایک بات بتاؤ یادداشت کھو جانے سے پہلے میں آپ لوگوں سے کیسا سلوک کیا کرتا تھا اور کس طرح بات چیت کیا کرتا تھا ۔

مالی نے کہا " چھوٹے سرکار آپ تو سبھی سے بہت اچھی طرح باتیں کیا کرتے تھے ۔ نسرین اور پرویز کے ساتھ آپ بہت گھل مِل کر رہا کرتے تھے۔

اچھا یہ بتاؤ کہ مرزا حشمت بیگ ، ہمارے ماموں کا رویہ ہمارے ساتھ کیسا ہوا کرتا تھا۔ وہ مزاج کے کیسے آدمی ہیں ۔

چھوٹے سرکار وہ تو غصہ کے بہت تیز ہیں خاص طور سے نوکروں پر بہت غصہ کرتے ہیں ۔

مالی چاچا ، میری جان کا دشمن کون ہو سکتا ہے ؟

چھوٹے سرکار ہم اس بارے میں کیا کہہ سکتے ہیں ۔

بس یہی دُعا کرتے ہیں کہ خدا آپ کو محفوظ اور صحیح سلامت رکھے اور دشمنوں کا منہ کالا کرے ۔

ناشتہ کے وقت شہناز ڈائننگ روم میں پہنچ گیا ۔ سب کے ساتھ مل کر ناشتہ کیا ، ناشتہ کے دوران سب خاموش اور اپنی اپنی سوچ میں گُم تھے ۔

اس حادثہ کے بعد چودھری صاحب بہت فکرمند ہو گئے تھے اور سختی سے ہدایت کر دی تھی کہ شہباز کو کہیں باہر نہ جانے دیا جائے۔ حویلی میں آنے جانے والوں پر سخت نگرانی کی تاکید کر دی گئی تھی ۔

صبح دس بجے مس لڑی ٹڈی سوزا آئیں ۔ انھوں نے انگریزی کے کچھ سوالات اس سے پوچھے لیکن وہ حیرت سے اُن کا منہ ہی تکتا رہا۔ پھر انھوں نے حروف تہجی سے اُسے پڑھانا شروع کیا۔ دوسری استانیوں نے بھی اپنے اپنے مضامین کی تعلیم بالکل ابتدا سے دینی شروع کی ۔

اِس طرح اُس حویلی میں شہباز کے صبح و شام اور دن رات گزرنے لگے ۔ اس کا صبح کا وقت مالی کے ساتھ گزرتا ۔ شام میں نسرین اور پرویز کے ساتھ باغ میں کھیلتا بات چیت کرتا ۔ دوپہر میں گھر ہی میں رہتا ۔ بیگم صاحبہ ہمیشہ اُس کی نگرانی کرتی رہتیں ۔ اور کبھی اُسے تنہا بھی نہیں

رہنے دیتیں یہاں تک کہ انھوں نے اپنے کمرے میں ہی اس کا پلنگ ڈلوایا اور شہباز وہیں سونے لگا۔

اسی طرح دن گزرتے رہے۔ دھیرے دھیرے اُس نے پڑھنا لکھنا بھی سیکھ لیا۔ حالانکہ اُسے پڑھنا لکھنا تو آتا تھا لیکن وہ یہ ظاہر کرتا تھا کہ بس استانیوں کے سکھانے سے ہی سیکھتا چلا جا رہا ہے ۔ حویلی سے باہر جانے کی اُسے اجازت نہیں تھی۔ وہ گھر میں بند اکتا گیا ۔ جب اُس کی اُکتاہٹ ناقابلِ برداشت ہوگئی تو چودھری صاحب ایک دن اُسے کار میں بٹھا کر اپنے ساتھ آفس لے گئے ۔ وہاں پہنچ کر اُسے کافی سکون ملا اور اس کا بجھا بجھا سا چہرہ کھل اُٹھا ۔۔۔۔۔ لنچ ٹائم میں وہ اُسے اپنے ساتھ حویلی لے کر آ گئے ۔

اس طرح اب ہفتہ میں ایک یا دو بار شہباز کو چودھری صاحب اپنے ساتھ لے جاتے دو پہر میں واپس لے آتے لیکن اس کے علاوہ اُسے کہیں اور جانے کی اجازت نہیں تھی۔ جب تک آفس میں رہتے شہباز کو اپنی آنکھوں سے جدا نہ ہونے دیتے ۔

ایک دن چودھری صاحب شہباز کو لے کر آفس میں پہنچے۔ ابھی اُن کو آئے ہوئے آدھا گھنٹہ بھی نہ ہوا تھا

کہ ٹیلی فون کی گھنٹی بجی ۔ فون کا ریسیور اُٹھا کر چودھری صاحب نے کان سے لگایا۔ معلوم ہوا کہ تہران سے ٹرنک کال ہے ۔ ٹیلی فون پر چودھری صاحب کو اطلاع دی گئی کہ ظفر اللہ خاں کا کار سے ایکسی ڈنٹ ہوگیا ہے اور ان کی حالت بہت نازک ہے ۔ چودھری صاحب کافی پریشان ہوگئے کیونکہ ظفر اللہ خاں صاحب ان کی فرم کے لاہور میں ہول سول ایجنٹ تھے ۔ اس کاروبار کو پھیلانے اور خاص طور سے بیرونی ممالک کی مارکیٹ میں چودھری انڈسٹری کی مصنوعات کو پھیلانے میں اُنھوں نے بہت کوششش کی تھی ۔ اُن کے چودھری صاحب پر بہت سے احسانات تھے ۔ اس لیے ان کے ایکسی ڈنٹ کی خبر سُن کر چودھری صاحب پریشان ہوگئے اُنھوں نے گھڑی دیکھی اور کہا کہ میں ساڑھے گیارہ کی فلائٹ سے تہران پہنچ رہا ہوں ۔

اُسی وقت اُنھوں نے ٹیلی فون کرکے معلوم کیا کہ تہران جانے والے جہاز میں کچھ سیٹیں خالی ہیں یا نہیں ؟ ادھر سے خبر ملی کہ کئی سیٹیں خالی ہیں ۔ اُنھوں نے مزاحمت بیگ کو بلوایا اور اُس سے کہا ” دیکھو تہران میں ظفر اللہ خاں کا ایکسی ڈنٹ ہوگیا ہے اور ان کی حالت بہت خراب ہے میں ساڑھے گیارہ کی فلائٹ سے تہران جا رہا ہوں تم میرے

ساتھ ایروڈرم چلو اور وہاں سے واپس آکر اسی کار کے ذریعے شہباز کو گھر پہنچوا دینا۔ سمجھ گئے ؟

جی بھائی صاحب سمجھ گیا۔

پھر انھوں نے حویلی ٹیلی فون کیا اور ظفراللہ خان صاحب کے ایکسیڈنٹ کی اطلاع دی ساتھ ہی یہ بھی بتایا کہ وہ ساڑھے گیارہ کی فلائٹ سے تہران جا رہے ہیں وہاں جیسے حالات ہوں گے ٹیلی فون کرکے بتادیں گے ۔ شہباز کے بارے میں انھوں نے کہا کہ حشمت بیگ کو ایروڈرم ساتھ لے جا رہا ہوں وہ واپس آکر ڈرائیور کے ساتھ شہباز کو حویلی میں پہنچوا دے گا۔

اسی وقت انھوں نے گاڑی بلوائی ۔ شہباز کو آفس میں بیٹھے رہنے کی ہدایت دے کر وہ باہر نکلے حشمت بیگ کے ساتھ گاڑی میں بیٹھے اور ایروڈرم کی طرف روانہ ہوگئے۔

ساڑھے بارہ بجے مزا حشمت بیگ آفس میں آیا اور شہباز سے کہا ” شہباز میں کار لے کر آگیا ہوں تم ڈرائیور کے ساتھ حویلی چلے جاؤ۔ باجی کھانے پر تمہارا انتظار کر رہی ہوں گی “

شہباز کو کار میں بٹھا کر حشمت بیگ آفس میں چلا گیا۔ کار وہاں سے روانہ ہوئی ۔ ان کی گاڑی نے ابھی ایک کلومیٹر

کافاصلہ ہی طے کیا ہوگا کہ شہباز کو ایسا لگا جیسے کوئی اُس کا ہاتھ پکڑ کر کھینچ رہا ہو۔ اُسے کار سے نکلنے کے لیے کہہ رہا ہو۔ اُسے جن کی یاد آئی ۔ اُس نے سوچا ضرور کوئی خطرہ ہے ۔ اُس نے ڈرائیور سے کار روکنے کو کہا، ڈرائیور نے سٹرک کے کنارے کار روک دی ۔ وہاں سے کچھ فاصلے پر ایک آئس کریم کی دوکان تھی ۔ شہباز نے ڈرائیور سے کہا کہ میں ذرا آئس کریم کھا کر آتا ہوں ۔

ڈرائیور نے کہا " چھوٹے سرکار ذرا جلدی آئیے مجھے کھانا کھانے بھی جانا ہے ۔ ٹھیک ہے بس ابھی آیا۔ اتنا کہہ کر شہباز آئس کریم کی دوکان میں گیا آئس کریم لی اور میز پر بیٹھ کر اطمینان سے کھانے لگا ۔ کھا لینے کے بعد وہ کاؤنٹر پر پیسے دینے گیا ۔ تبھی سٹرک پر ایک بھیانک دھماکہ ہوا کہ زمین دہل گئی ۔ شہباز نے پلٹ کر دیکھا اس کی کار ٹکڑے ٹکڑے ہو کر بکھر گئی تھی ۔ پُرزوں میں آگ لگ گئی تھی ۔ سٹرک پر بھگدڑ مچ گئی ۔ ڈرائیور بھی مارا گیا۔ کچھ لوگ زخمی بھی ہوئے ۔

تھوڑی دیر میں پولس آ گئی ۔ جانچ پڑتال شروع ہوئی ۔ معلوم ہوا کہ کار کے اندر ٹائم بم رکھا ہوا تھا۔ اگر شہباز بھی کار میں بیٹھا رہ جاتا تو اس کی لاش کا بھی پتہ نہیں چلتا ۔

شہباز کو پولس اپنے ساتھ پولس اسٹیشن لے گئی۔ شہباز نے ٹیلی فون کرکے مرزا حشمت بیگ کو پولس اسٹیشن بلوالیا۔ اس نے پولس کو تمام تفصیل بتائی۔ رپورٹ وغیرہ تیار کی گئی تب اُن دونوں کو جانے دیا گیا۔ وہاں سے دونوں حویلی پہنچے۔ بیگم صاحبہ کو جب اس حادثہ کی اطلاع ملی تو انھوں نے سر تھام لیا۔ پھر آنکھوں میں آنسو بھر کر کہا ”خدا جانے کون ہمارے بیٹے کی جان کا دشمن ہوگیا۔ ایک مہینے کے اندر یہ تیسری کوشش کی گئی ہے اس کی جان لینے کی ‘‘

شہباز سوچ رہا تھا کہ اگر جن نے اُسے ہوشیار نہ کیا ہوتا تو وہ یقینی طور پر مر گیا ہوتا۔ لیکن اُس نے جن کی بات کسی کو بتائی نہیں۔

رات میں گیارہ بجے چودھری صاحب تہران سے گھر واپس آئے۔ جب اُنھیں اس حادثہ کی خبر ہوئی تو وہ ششدر رہ گئے۔ انھوں نے کہا ” یہ کوئی گہری سازش تھی کیوں کہ جب میں تہران پہنچا تو معلوم ہوا کہ نہ تو اُن کا ایکسی ڈنٹ ہوا ہے اور نہ ہی وہاں سے کسی نے ٹرنک کال کیا تھا۔ مجھے فون پر کسی نے غلط خبر دی تھی۔ تہران پہنچ کر جب اُنھیں معلوم ہوا کہ کوئی حادثہ نہیں ہوا ہے تو اُسی وقت سے وہ پریشان تھے ۔ اِس حادثہ کے متعلق سن کر اُنھیں یقین ہوگیا کہ یہ

ساری چال شہباز کو ختم کرنے کے لیے چلی گئی تھی ۔ اُسی وقت انھوں نے مرزا حشمت بیگ کو بلوایا اور کہا "کیوں یہ حادثہ کیسے ہوا ؟

جی بھائی صاحب میں کیا کہہ سکتا ہوں ۔ آپ کو ایروڈرم پر چھوڑ کر میں واپس آیا تو ڈرائیور نے کہا کہ میں کھانا کھا کر آتا ہوں ۔ میں نے اُس سے کہا کہ وہ کھانا کھا کر آ جائے اور شہباز کو گھر پہنچا دے ۔ وہ کھانا کھانے چلا گیا ۔ وہاں سے آیا اور شہباز کو لے کر حویلی کی طرف چلا گیا ۔ راستے میں یہ حادثہ ہوا ۔

وہ کار لے کر کھانہ کھانے گیا تھا ؟ چودھری صاحب نے پوچھا ۔

جی ہاں بھائی صاحب ۔ حشمت بیگ نے کہا ہو سکتا ہے کہ جب وہ کھانا کھانے گیا ہوگا تب ہی کسی نے ٹائم بم رکھ دیا ہوگا ۔ اور ڈرائیور کو خبر بھی نہ ہونے پائی ہوگی ۔ اگر اُسے خبر ہوتی تو وہ گاڑی میں بیٹھا نہ رہتا اور اس خوفناک طریقے سے اس کی موت واقع نہ ہوتی ۔

اس حادثہ کے بعد سے چودھری صاحب کو شہباز کی بے حد فکر ہو گئی تھی ۔ انھوں نے پولس کمشنر کو فون پر حادثہ کی اطلاع دی ۔ ساتھ ہی شہناز پر ہونے والے حملوں

کی چارج کے لیے سی ، آئی ڈی کے ذمّہ دار افسروں کی
مدد طلب کی ۔

اپنی کوٹھی میں انھوں نے پہرہ سخت کر دیا اور کسی
کو بھی بغیر اجازت اندر جانے نہیں دیا جاتا تھا ۔ شہباز کا گھر
سے باہر نکلنا بھی بند کروا دیا گیا ۔ اس کی تعلیم کا مکمل انتظام
گھر پر ہی کر دیا گیا تھا ۔

ان ہی پابندیوں میں شہباز کی زندگی گزرتی رہی اور
وہ آہستہ آہستہ چودھری فیملی کا ایک فرد بن گیا ۔ یہاں تک کہ
وہ خود محسوس کرنے لگا کہ درحقیقت وہ چودھری صاحب ہی
کی اولاد ہے ۔ حویلی میں اُسے کسی چیز کی کمی نہیں تھی ۔ ہر
طرح کا عیش و آرام حاصل تھا ۔

کبھی کبھی اُسے اپنے ماں باپ اور بھائی بہن کا بھی
خیال آجاتا ۔ دوست احباب یاد آتے اپنا گھر محلہ اور اسکول
یاد آجاتا تو وہ کچھ کھو سا جاتا تھا ۔

اس کی تمام تعلیم انگریزی میڈیم کے مطابق ہو رہی
تھی ۔ دھیرے دھیرے اُس نے سب کچھ انگریزی میڈیم کے
مطابق سیکھنا شروع کر دیا ۔ خدا نے اُسے ذہین پیدا کیا
تھا اس لیے اُس کے سیکھنے کا عمل تیز تھا ۔ یوں بھی ابھی
اُسے صرف ابتدائی چیزوں کی ہی تعلیم دی جا رہی تھی ۔

نسرین اور پرویز ایک اسکول میں تعلیم حاصل کر رہے تھے۔ وہ جب اسکول چلے جاتے تو شہباز یا تو اپنے کمرے میں کچھ پڑھتا لکھتا رہتا یا پھر بیگم صاحبہ کے ساتھ ہوتا۔ اس کے لیے اُستانیوں کا کچھ اس طرح وقت مقرر تھا کہ اُسے قطعی بوریت کا احساس نہیں ہوتا تھا۔ صبح اور شام کے اوقات میں وہ نسرین اور پرویز کے ساتھ رہا کرتا تھا۔ دونوں بچے اُس کا بہت لحاظ کرتے تھے۔ اس کے ساتھ عزت سے پیش آتے تھے۔ گھر کی خادمائیں اور ملازم بھی اُس سے بہت اچھا سلوک کرتے تھے اور شہباز بھی اُنھیں ادب سے بلایا کرتا تھا۔

چونکہ شہباز کو صبح میں بہت جلدی اُٹھنے کی عادت تھی اور یہ عادت یہاں بھی برقرار رہی۔ فجر کی نماز پڑھ کر وہ باغ میں آجاتا اور مالی چاچا سے پودوں کے متعلق معلومات حاصل کیا کرتا تھا۔ نباتات کی جانب اس کا خاص رجحان تھا لیکن وہ حساب میں بھی بہت تیز تھا۔

شہباز کے ماموں مرزا حشمت بیگ اور ممانی صبیحہ اندرونی طور پر اُس سے شدید نفرت کرتے تھے لیکن وہ اس کا کبھی اظہار نہیں کرتے تھے جب شہباز ان کے سامنے آتا وہ اُس سے محبت آمیز اور پیار بھری باتیں کرتے۔

اس طرح اطمینان سے تین مہینے گزر گئے ۔ ان تین مہینوں
میں کوئی قابلِ ذکر واقعہ یا حادثہ نہیں ہوا۔ شہباز کے اطراف
میں نگرانیوں کا جو جال تھا آہستہ آہستہ ڈھیلا پڑتا چلا گیا
اور چودھری صاحب بھی خطرات سے بے پرواہ ہوتے چلے
گئے حالانکہ اب بھی اُسے حویلی سے باہر جانے کی اجازت
نہیں تھی ۔

سردیوں کا خوش گوار موسم تھا۔ ہر چیز نکھری ہوئی اور
شاداب نظر آر ہی تھی ۔ ایسے ہی ایک جمعہ کو حشمت بیگ نے
اپنے دونوں بچوں اور بیوی کو لے کر شاور آئی لینڈ جانے
کا پروگرام بنایا ۔

شاور آئی لینڈ سمندر سے گھرا ہوا ایک چھوٹا سا جزیرہ
ہے۔ جزیرہ میں چاروں طرف گل مہر کے درخت بکھرے
ہوئے ہیں ۔ جگہ جگہ خوبصورت باغات بنائے گئے ہیں۔ جزیرہ
کی مغربی سمت ایک اونچی ٹیکری ہے جس پر چڑھ کر پورا
جزیرہ سمندر سے گھرا ہوا نظر آتا ہے ۔ سمندر کی دیوقامت
لہریں ہزاروں میل کا سفر طے کرتی ہوئی آتی ہیں اور جزیرے
کی کالی چٹانوں سے ٹکراتی ہیں جس کی وجہ سے پانی فوارے
کی طرح کافی اونچائی تک اچھلتا ہے ، یوں محسوس ہوتا کہ
چٹانوں سے فوارہ چھوٹ رہا ہے شاید اسی لیے اس جزیرہ کا

نام شا اور آئی لینڈ پڑ گیا تھا ۔ سمندر کے کنارے سے جزیرہ کے لیے خصوصی موٹر بوٹس جایا کرتی تھیں ۔

مرزا حشمت بیگ اور صبیحہ نے وہاں جانے کا پروگرام بنایا اور زور شور سے اس کی تیاریاں بھی شروع کر دیں ۔ نسرین اور پرویز شہباز سے ملتے تو شا اور آئی لینڈ کی تعریف کرتے بوٹ کے سفر کی دلچسپیاں سُناتے ۔ اس طرح شہباز کے دل میں جزیرہ دیکھنے کی خواہش زور پکڑنے لگی ۔ آخر اُس نے بیگم چودھری سے وہاں جانے کی اجازت طلب کی ۔ بیگم صاحبہ نے چودھری صاحب سے ذکر کیا ۔ کچھ پس و پیش کے بعد بالآخر اُسے وہاں جانے کی اجازت دے دی گئی ۔ ساتھ ہی انھوں نے حشمت بیگ اور صبیحہ کو خاص تاکید کی کہ شہباز کا ہر طریقے سے خیال رکھیں اور اُسے کبھی اپنے سے جُدا نہ کریں ۔

حشمت بیگ نے اُنھیں یقین دلایا کہ وہ اپنے بچّوں سے زیادہ اس کا خیال رکھے گا ۔

اس طرح جمعہ کے دن شا اور آئی لینڈ جانے کا پروگرام طے ہو گیا اور شہباز بھی اس پروگرام میں شامل ہو گیا ۔ چودھری صاحب اور بیگم چودھری اُن کے ساتھ نہیں جا سکتے تھے کیونکہ اُنھیں سمندری سفر سے الرجی ہو جاتی تھی ۔

طے شدہ پروگرام کے مطابق جمعہ کے دن صبح کے وقت وہ پوری تیاری سے نکلے۔ کار کے اندر تمام سامان رکھ لیا گیا۔ کار وہاں سے ساحل کی جانب روانہ ہوئی۔ ساحل پر اتر کر انھوں نے کار ایک اسٹینڈ میں کھڑی کر دی اور اُس طرف گئے جہاں بوٹس کھڑی رہا کرتی تھیں۔ بے شمار پرائیویٹ بوٹس ساحل پر کھڑی ہوئی تھیں جمعہ کا دن چھٹی کا دن تھا، اس لیے زیادہ رَش تھا۔ انھوں نے ایک چھوٹی بوٹ کرایہ پر لی اور شاور آئی لینڈ کی طرف روانہ ہوئے۔ تقریباً ایک گھنٹہ کی مسافت طے کر کے بوٹ کنارے پر پہنچی۔ سب لوگ اطمینان سے کنارے پر اتر گئے۔

جزیرہ پر پہلے سے بھی بہت لوگ موجود تھے۔ اور جزیرے کے دل کش ماحول سے لطف اندوز ہو رہے تھے۔ یہ لوگ بھی دھیرے دھیرے آگے بڑھے۔

لہروں کا جزیرے کی چٹان سے ٹکرانے کا شور پورے جزیرے میں گونج رہا تھا۔ ٹھنڈی ہوا کے خوش گوار جھونکے مسلسل چل رہے تھے اور جسم سے ٹکرا کر ایک عجیب طرح کی فرحت پیدا کر رہے تھے۔ پورا جزیرہ شاداب جھاڑیوں' خوش رنگ گھاس اور پھولوں کے پودوں سے اٹا ہوا تھا اور ان کے بیچ میں گل مہر کے شعلہ بار درخت اُگے ہوئے تھے

مختلف طرح کے پرندے پورے جزیرے میں چہچہاتے پھر رہے تھے۔

جزیرے پر بہت سے غیر ملکی سیاح بھی دکھائی دے رہے تھے۔ ذرا اونچائی پر پہنچ کر انھوں نے جزیروں کو دیکھا یوں محسوس ہوا کہ ہری ہری گھاس کے بیچ آگ لگ گئی ہے اور وہ دھیرے دھیرے دہک رہی ہے۔ اور پرے گل ہر کے پھول یہی منظر پیش کر رہے تھے۔

فہمباز نے اتنا دل کش اور دلفریب منظر کبھی نہیں دیکھا تھا۔ اس کا رواں رواں خوشی سے جھومنے لگا۔ وہ دھیرے دھیرے آگے بڑھتے رہے اور قدرت کی اس بہترین صناعی سے لطف اندوز ہوتے رہے۔

جزیرہ میں جگہ جگہ ہوٹلز اور ریستوران بنے ہوئے تھے جہاں پر ضرورت کی ہر چیز مل جاتی تھی۔ کیونکہ بوٹ سے آنے کا کرایہ کافی زیادہ تھا اسی لیے عام طور پر امیر گھرانوں کے لوگ ہی جزیرہ پر تفریح کی غرض سے آیا کرتے تھے۔

کچھ دیر گھومنے کے بعد انھوں نے ایک ہوٹل میں بیٹھ کر ناشتہ کیا۔ کچھ دیر آرام سے بیٹھے رہے پھر تازہ دم ہو کر آگے بڑھے۔ اس طرح گھومتے پھرتے وہ اُس پہاڑی کے پاس پہنچ گئے جس پر چڑھ کر پورا جزیرہ سمندر سے گھرا ہوا

نظر آتا ہے ۔ بیچ میں چھوٹا سا ہرا بھرا خطّہ اور چاروں طرف پانی ہی پانی ۔ حدِ نظر تک پھیلا ہوا نیلگوں پانی اور اُس پانی میں اُٹھتی ہوئ دیو قامت منہ زور لہریں ۔

وہ لوگ آہستہ آہستہ پہاڑی پر چڑھنے لگے تقریبًا آدھے گھنٹہ کی دشوار گزار چڑھائ کے بعد وہ اوپر پہنچ گئے ۔ صبیحہ تو اوپر چڑھتے چڑھتے تھک کر چور ہو گئی ۔ بچّوں پر اس دشوار گزار چڑھائ کا کچھ اثر نہیں ہوا ۔

اوپر پہنچ کر انھوں نے تھوڑی دیر آرام کیا ۔ کھانے پینے کی کچھ چیزیں وہ ساتھ لائے تھے انھوں نے وہ چیزیں بیٹھ کر کھائیں ۔ پانی پیا اور پھر پہاڑی کے مختلف سروں سے اُمڈنے ہوئے سمندر کا نظّارہ کرنے لگے ۔ جزیرہ میں پھیلے ہوئے لوگ بہت چھوٹے چھوٹے نظر آ رہے تھے ۔ پہاڑی پر سے جزیرہ کی خوبصورتی دیکھنے سے تعلق رکھتی تھی ۔ سرسبز اور شاداب درختوں کے بیچ اُگے ہوئے گل مہر کے درخت اور گلاب کے بودے ، اُن کے درمیان جھبلیں کرتے ہوئے لوگ اور اڑتے ہوئے خوش رنگ پرندے ۔ قدرت کی تخلیق کا ایک نادر و نایاب نمونہ ۔ ایسا آرٹ جسے آرٹسٹ زندگی بھر کوششش کے باوجود بنانے میں کامیاب نہ ہو سکے ۔

ان ہی سب مناظرے لطف اندوز ہوتے ہوئے وہ

مغربی سمت کی چٹانوں پر چڑھ گئے ۔ یہاں کالی کالی چٹانیں ایک کے اوپر ایک بڑی ہوئ تھیں ۔ اُس کے پیچھے گہری کھائ تھی جہاں بالکل سمندر سے لگ کر بڑی بڑی چٹانیں پڑی ہوئ تھیں ۔ اُن چٹانوں سے پانی ٹکراتا تو بہت سارا جھاگ پیدا ہوتا اور پھر تھوڑی دیر میں جھاگ بالکل صاف ہوجاتے لہروں کا شور اس قدر تیز تھا کہ اُنھیں زور سے باتیں کرنی پڑ رہی تھیں ۔

تینوں بچّے اس منظر کو بڑے انہماک سے دیکھ رہے تھے ۔ مرزا حشمت بیگ اپنے ساتھ کیمرہ لے کر آیا تھا اور مختلف مناظر کی تصویریں اُتار رہا تھا ۔ بچّے جب اُس منظر کی خوبصورتی میں کھوئے ہوئے تھے تب اُس نے ایک اونچی چٹان کی طرف اشارہ کرکے کہا ’’ آپ لوگ اس چٹان پر بیٹھ جاؤ میں تم تینوں کی تصویریں اُتارتا ہوں ‘‘

تینوں بچّے اس چٹان پر بیٹھ گئے ۔ ان کے پیچھے تھپیڑیں مارتا ہوا سمندر تھا اور سمندر میں غرور سے اپنا سر اٹھا تی ہوئ لہریں تھیں اور نیچے چاروں طرف بکھری ہوئ کالی کالی چٹانیں تھیں ۔

مرزا حشمت بیگ نے بیچ میں شہباز کو بٹھا دیا اور اس کے دائیں اور بائیں پرویز اور نسرین کو بٹھا دیا ۔ حشمت بیگ نے

کیمرہ کی آنکھ سے بچوں کو دیکھا۔ پھر وہ ان کے قریب آیا اور کہا " شہباز تم ایسا کرو کہ اس چٹان پر کھڑے ہوجاؤ۔ پرویز اور نسرین نیچے بیٹھے رہیں گے اس طرح تمہاری تصویر بہت اچھی آئے گی "

شہباز بیچ میں کھڑا ہوگیا اور تینوں بچوں کو پوزیشن بنانے کے لیے حشمت بیگ ان کے قریب آیا اور شہباز کو چٹان پر کھڑا ہونے کا طریقہ بتایا۔ اس نے کہا " شہباز تم ایسا کرو کہ اپنے دونوں ہاتھ کمر پر رکھ لو " شہباز نے اپنے دونوں ہاتھ کمر پر رکھ لیے اور مسکراتے ہوئے کیمرہ کی طرف دیکھنے لگا۔ حشمت بیگ تھوڑی دیر کیمرے سے اُنھیں دیکھتا رہا پھر وہ آگے بڑھا اور شہباز سے کہا "شہباز تمہارا ہاتھ ٹھیک سے نہیں رکھا ہوا ہے دیکھو اس طرح رکھو "

اتنا کہہ کر وہ اُس کے قریب آیا، اس کے دونوں ہاتھ کمر پر جمائے اور انتہائی پھرتی سے پوری شدت کے ساتھ شہباز کو پیچھے دھکیل دیا۔ شہباز چٹان کے بالکل کنائے پر کھڑا تھا اس لیے اس دھکے سے اس کا توازن بگڑ گیا اور ایک خون ناک چیخ اس کے منہ سے نکلی اور کھائی میں گر پڑا۔ دونوں بچے خون سے روتے ہوئے اپنی ماں کی طرف دوڑ پڑے جو تھوڑے فاصلے پر بیٹھی ہوئی یہ منظر دیکھ رہی تھی۔

بچے اپنی ماں سے لپٹ کر رونے لگے اور صبیحہ کے چہرے پر ہلکی سی مسکراہٹ نمودار ہوئی اور پھر معدوم ہوگئی۔

شہباز دھکا کھا کر جیسے ہی نیچے گرا اُسے ایسا محسوس ہوا جیسے کسی نے اُسے اپنے دونوں ہاتھوں پر تھام لیا ہو اور دھیرے دھیرے نیچے لیے جا رہا ہو۔ اور پھر اُن دکھائی نہ دینے والے ہاتھوں نے اُسے نہایت آہستگی سے لا کر ایک محفوظ چٹان پر کھڑا کر دیا۔ اتنی اونچائی سے گرنے کے باوجود اُسے ہلکی سی خراش تک نہیں آئی تھی۔

پہاڑی پر سے حشمت، اس کی بیوی صبیحہ اور کچھ دوسرے لوگوں نے جھانک کر دیکھا تو اُنہیں شہباز نیچے چٹان پر کھڑا ہوا دکھائی دیا۔ حیرت سے اُن کی آنکھیں پھٹی کی پھٹی رہ گئیں۔ دیکھنے والوں میں ایک شخص نے کہا۔

"جا کو راکھے سائیاں مار سکے نہ کوئے۔"

حشمت بیگ اور صبیحہ کی ساری خوشی کافور ہوگئی۔

وہ تو یہ سوچ رہے تھے کہ شہباز کی لاش کے ٹکڑے جمع کرنا مشکل ہو جائے گا لیکن وہ نیچے بالکل صحیح سالم موجود تھا۔

حشمت بیگ بیوی بچوں کو چھوڑ کر تیزی سے نیچے دوڑا اور کسی طرح ان چٹانوں تک پہنچا جہاں شہباز کھڑا ہوا تھا

ایک دو آدمیوں کی مدد سے وہ اُسے کنارے پر لے آیا۔ کھلے حصّہ میں آنے کے بعد مرزا حشمت بیگ نے شہباز سے کہا۔

"شہباز تمہیں کہیں چوٹ تو نہیں لگی۔ غلطی سے میرے ہاتھ سے دھکا لگ گیا اور تم نیچے گر گئے۔ خدا کی پناہ! کتنا بھیانک اور خوفناک منظر تھا۔ حیرت ہے کہ تم بچ کیسے گئے؟ تمہیں کچھ نہیں ہوا؟

جی نہیں ماموں جان مجھے کچھ بھی نہیں ہوا۔ یہ دیکھئے میں آپ کے سامنے صحیح سلامت کھڑا ہوا ہوں۔ شہباز نے جواب دیا۔

تھوڑی دیر میں صبیحہ، نسرین اور پرویز بھی وہاں آ گئے۔ بچّوں نے شہباز کو دیکھا تو وہ فرطِ محبت سے دوڑ کر اس سے لپٹ گئے۔ اُن کی آنکھیں جو اُس کے گرنے سے غم کے آنسو بہا رہی تھیں اب خوشی سے چھلکی پڑ رہی تھیں۔ مرزا حشمت بیگ اور صبیحہ حیرت زدہ تھے کہ آخر وہ کونسی قوت ہے جو شہباز کو ہر خطرے سے بچا لیتی ہے۔ حیرت کے مارے ان کے دماغ کند سے ہو کر رہ گئے اُن کا بنایا ہوا یہ منصوبہ بھی ناکام ہو گیا۔

حشمت بیگ نے شہباز سے کہا "شہباز میری تم سے

درخواست ہے کہ تم اِس حادثے کے متعلق چودھری صاحب یا باجی کو کچھ نہیں بتانا ورنہ اُن کو سخت صدمہ پہنچے گا ویسے ہی وہ ہارٹ کے مریض ہیں۔

"جی بہت اچھا" شہباز نے کہا "میں کسی سے کچھ نہیں کہوں گا"

پھر مرزا حشمت بیگ نے اپنے بچوں کو بھی سختی سے منع کر دیا کہ وہ شہباز کے گرنے کی بات کسی سے نہ کہیں گے۔

شام ہونے کو آئی تھی۔ لوگ واپسی کی تیاری کر رہے تھے اُن لوگوں نے بھی اپنا سامان اُٹھایا اور اس طرف چل پڑے جہاں موٹر بوٹس کھڑی رہا کرتی تھیں۔

مرزا حشمت بیگ نے منہ مانگا پیسہ دے کر ایک موٹر بوٹ ٹھہرائی۔ سب لوگ اس میں سوار ہو گئے اور موٹر بوٹ واپسی کے لیے روانہ ہوئی۔ سب لوگ خاموش بیٹھے ہوئے تھے۔ شہباز کے گرنے کے حادثے نے سب کو سوچ میں گم کر دیا تھا۔

یہ ایک بہت ہی خوبصورت موٹر بوٹ تھی جس میں آگے پیچھے دو کمرے بنے ہوئے تھے اور سامنے موٹر بوٹ کے ڈرائیور کا کیبن تھا۔ بوٹ کا ڈرائیور ایک قد آور آدمی تھا جس کی شکل بہت زیادہ کالی تھی اور گھنی مونچھیں تھیں۔

سب کے سب نیچے کے کمرے میں کرسیوں پر بیٹھے

ہوئے تھے۔ تھوڑی دیر میں مرزا حشمت بیگ اُٹھ کر بوٹ کے ڈرائیور کے پاس گیا اور دھیرے دھیرے اُس سے کچھ باتیں کرنے لگا۔ پہلے تو بوٹ کے ڈرائیور نے انکار میں سر ہلایا اور پھر حشمت بیگ نے تو توٹوں کے نوٹوں کی ایک گڈی اس کے ہاتھ میں دی اور اُس نے رضامندی کے انداز میں سر ہلایا۔ اُسی وقت موٹر بوٹ کی سمت تبدیل ہوئی۔

ڈرائیور موٹر بوٹ کو چلاتے ہوئے سمندر کے ایسے حصے میں لایا جو بالکل راستے سے الگ تھا۔ مرزا حشمت بیگ ڈرائیور کے پاس سے اُٹھ کر آیا اور پیچھے والے کمرے میں بیٹھ گیا۔ ڈرائیور بھی اُس کے پاس آکر بیٹھ گیا تب مرزا حشمت بیگ نے آواز دے کر شہباز کو اپنے پاس بلایا، شہباز اُٹھ کر پیچھے کے کمرے میں آیا۔ جیسے ہی وہ اندر داخل ہوا بوٹ کے ڈرائیور نے جھپٹ کر شہباز کو پکڑ لیا اور مرزا حشمت بیگ نے اُس کے ہاتھ اور پاؤں اچھی طرح رسی سے باندھ دیئے۔ شہباز نے چلانے کی کوشش کی لیکن ڈرائیور نے اس کا منہ اچھی طرح بند کر دیا۔ جب شہباز کے ہاتھوں اور پیروں کو اچھی طرح باندھ دیا گیا تو ایک بھاری لوہے کا ٹکڑا اسی رسی سے باندھ دیا گیا پھر موٹر بوٹ کے ڈرائیور نے شہباز کو اُٹھا کر سمندر میں پھینک دیا اور دوڑ کر اپنے کیبن

میں چلا گیا۔ اسی وقت مزاحمت بیگ نے چلانا شروع کیا "صبیحہ دوڑو شہباز پانی میں گر گیا۔ پانی میں گر گیا۔ ارے بھائی بوٹ روکو شہباز پانی میں گر گیا۔ موٹر بوٹ کے ڈرائیور نے بوٹ روکی اور دوڑ کر آخری کمرے میں آیا۔ مزاحمت بیگ نے کہا کہ بچہ پانی میں گر گیا ہے ذرا ڈھونڈو۔ اُس نے بوٹ کو تھوڑا اگھا کر پیچھے کیا اور پھر سمندر میں چھلانگ لگا دی۔ اِدھر اُدھر تیرتا رہا۔ پھر اوپر چلا آیا اور مزاحمت بیگ سے کہا۔

"صاحب بچہ کا کچھ پتہ نہیں چل رہا ہے"

مزاحمت بیگ نے کہا "اچھا تم موٹر بوٹ لے کر آگے بڑھو۔ "موٹر بوٹ روانہ ہوئی تو صبیحہ نے کہا "شہباز گر کیسے گیا؟ مزاحمت بیگ نے کہا وہ پانی میں جھانک رہا تھا کہ اچانک گر پڑا ـــــــــ بس اُسی وقت میں نے بوٹ رکوائی۔

نسرین اور پرویز رونے لگے۔ صبیحہ نے اُنھیں خاموش کیا۔ پھر بھی وہ سسک سسک کر روتے رہے۔

تھوڑی دیر میں موٹر بوٹ ساحل پر پہنچ گئی۔ جلدی جلدی وہ بوٹ سے اترے اپنا سامان لیا اور اپنی کار میں جا کر بیٹھ گئے اور کار وہاں سے روانہ ہوئی تو سیدھی حویلی میں ہی جا کر رکی۔ کار روک کر مزاحمت بیگ سیدھا

دوڑتا ہوا ڈرائنگ روم میں آیا۔ چودھری صاحب اور بیگم صاحبہ وہیں بیٹھے ہوئے تھے۔ وہ ان کے قدموں میں گر گیا اور رو رو کر کہنے لگا۔ "بھائی صاحب شہباز بوٹ سے گر کر سمندر میں غرق ہو گیا"

یہ خبر ایک بجلی کی طرح چودھری صاحب پر گری اور بیگم صاحبہ اس صدمہ کی تاب نہ لا کر بے ہوش ہو گئیں۔ چودھری صاحب نے خادماؤں کو آواز دی۔ ڈاکٹر بلوانے کو کہا اور حشمت بیگ سے کہا کس طرح گر گیا کیسے ڈوب گیا؟ تم نے اُسے تلاش نہیں کروایا؟

"بھائی صاحب بوٹ پوری رفتار سے چلی آ رہی تھی۔ شہباز کنارے ہو کر پانی میں دیکھ رہا تھا کہ اچانک اُس کا توازن بگڑا اور وہ سمندر میں گر گیا۔ میں نے اسی وقت بوٹ رکوائی۔ بوٹ کے ڈرائیور نے بہت اِدھر اُدھر تلاش کیا لیکن وہ کہیں نہ مل سکا۔ اتنا کہہ کر مرزا حشمت بیگ پھر رونے لگا۔

صبیحہ اور نوکروں کی نگرانی میں بیگم صاحبہ کو چھوڑ کر چودھری صاحب مرزا حشمت بیگ کو لے کر ساحل کی طرف روانہ ہوئے۔ ساحل پر پہنچے تو وہ بوٹ موجود تھی جس سے مرزا حشمت بیگ آیا تھا۔ چودھری صاحب اور وہ دوڑ کر

اُس بوٹ کے پاس پہنچے ۔ چودھری صاحب نے دیکھا کہ بوٹ کے ڈرائیور کے تمام کپڑے پانی سے بھیگے ہوئے تھے اُنھوں نے اُس سے کہا'' کیوں بھائی بچہ کس طرح پانی میں گر گیا ؟

بوٹ کے ڈرائیور نے کہا ''صاحب پتہ نہیں بچہ کیسے گر گیا جب یہ صاحب چلائے تو میں نے بوٹ روک دی اور جہاں بچہ گرا تھا آس پاس میں بہت تلاش کیا لیکن بچہ کا کچھ پتہ نہیں چلا اور ہم واپس کنارے پر آ گئے ۔

چودھری صاحب نے کہا '' یہاں کچھ غوطہ خور ملیں گے ؟ جی ہاں صاحب ملیں گے'ضرور ملیں گے ۔

چودھری صاحب نے اس سے کہا۔ جتنے بھی مل سکیں فوراً لے آؤ۔ ہم ابھی وہ جگہ دیکھیں گے جہاں لڑکا ڈوبا ہے۔

بوٹ کا ڈرائیور چلا گیا اور تھوڑی دیر میں آٹھ دس غوطہ خور اپنے ساتھ لے آیا ۔

اُسی بوٹ پر سوار ہو کر چودھری صاحب ، مزاحمت بیگ اور تمام غوطہ خور اُس مقام کی طرف چل پڑے جہاں شہباز غرق ہوا تھا ۔ لیکن موٹر بوٹ کے ڈرائیور نے بوٹ وہاں نہیں روکی جہاں شہباز کو گرایا گیا تھا بلکہ دوسری جگہ کھڑی کی ۔

ساتھ آئے ہوئے تمام غوطہ خوروں کو مخاطب کر کے چودھری صاحب نے کہا "دیکھو یہاں ایک لڑکا گر گیا ہے اُسے تلاش کرو۔ پیسوں کی فکر مت کرو۔ جو اُسے زندہ ڈھونڈ لائے گا میں اُسے مالا مال کر دوں گا"

تمام غوطہ خوروں نے پانی میں چھلانگ لگا دی اور موٹر بوٹ کے اطراف کا سمندر چھان مارا لیکن اُنہیں کسی لڑکے کا نشان تک نہیں ملا۔ جب کوئی غوطہ خور پانی سے باہر نکلتا تو چودھری صاحب حسرت بھری نظروں سے اُسے دیکھتے اور اُس کے خالی ہاتھوں کو دیکھ کر مایوس ہو جاتے۔

دو تین گھنٹے کی متواتر تلاش کے باوجود اُنہیں کوئی لڑکا نہیں ملا۔ بالآخر وہ سب کے سب بوٹ پر آ کر جمع ہو گئے۔ انہوں نے چودھری صاحب سے کہا "صاحب ہم نے اطراف کا تمام سمندر چھان مارا لیکن ہمیں کوئی لڑکا دکھائی نہیں دیا"

چودھری صاحب نے موٹر بوٹ کے ڈرائیور سے کہا۔

"تمہیں یقین ہے کہ لڑکا یہیں گرا تھا؟"

"جی ہاں صاحب مجھے پختہ یقین ہے کہ لڑکا یہیں گرا تھا"

مرزا احتشمت بیگ نے بھی اس کی تائید کی۔

جب ہر طرف سے مایوس ہو گئے تو چودھری صاحب

نے بوٹ واپس ساحل کی طرف لے چلنے کو کہا۔

بوٹ کنارے پر پہنچی تو انھوں نے تمام غوطہ خوروں کو پیسے دیئے۔ بوٹ کے ڈرائیور کو بھی پیسے دیئے اور اپنی کار میں بیٹھ کر ساحل کے پولیس اسٹیشن میں گئے وہاں انھوں نے شہباز کے سمندر میں گرنے کی رپورٹ لکھوائی۔ بوٹ کا نمبر اور بوٹ کے ڈرائیور کا نام بھی جو اُنھوں نے اُس سے پوچھ لیا تھا پولیس انسپکٹر کو لکھوا دیا۔

پولیس انسپکٹر نے یقین دلایا کہ کل صبح ہم غوطہ خوروں کے ذریعے بچے کو تلاش کرنے کی کوشش کریں گے۔

وہاں سے اُٹھ کر وہ اپنی حویلی میں واپس چلے آئے۔

حویلی میں کہرام مچا ہوا تھا۔ بیگم صاحبہ ہوش میں آگئی تھیں اور وہ اپنا منہ پیٹ پیٹ کر رو رہی تھیں۔ گھر کی تمام خادمائیں اور دیگر ملازمین بھی آہ و زاری کر رہے تھے۔ پوری حویلی ماتم کی آواز سے گونج رہی تھی۔ چودھری صاحب اور مرزا حشمت بیگ صوفے پر جا کر بیٹھ گئے۔ بیگم صاحبہ روتی ہوئی آئیں اور مرزا حشمت بیگ کو جھنجھوڑ کر بولیں "مجھے میرا بچہ واپس لا کر دے تو نے ہی اُسے سمندر میں گرایا ہے مجھے میرا شہباز واپس لا دے نہیں تو میں تیرا گلا گھونٹ دوں گی ؑ اتنا کہہ کر وہ حشمت بیگ کو طمانچے مارنے لگیں۔

صبیحہ اور دوسری خواتین نے اُنھیں الگ کیا۔ اس طرح روتے پیٹتے رات گزر گئی ۔ نہ کسی کو کھانے کا ہوش تھا نہ سونے کا۔ ایک رنج و غم کا طوفان تھا جس نے ہر ایک کو اپنی لپیٹ میں لے رکھا تھا۔

دوسرے دن صبح چودھری صاحب حشمت بیگ کے ساتھ پہلے پولس اسٹیشن گئے ۔ معلوم ہوا کہ کسی بچے کے ملنے کی کوئی اطلاع نہیں آئی ہے ۔ پھر وہاں سے ساحل پر گئے۔ چند غوطہ خوروں کے ذریعہ سے پھر اںھوں نے سمندر کے مختلف حصوں کو کھنگالنے کی کوشش کی لیکن سوائے مایوسی کے اور کچھ ہاتھ نہ آیا۔ بالآخر واپس آئے ۔ صبر کی سِل چھاتی پر رکھ کر خاموش بیٹھ گئے ۔

حشمت بیگ اور صبیحہ اندر ہی اندر اپنی کامیابی پر پھولے نہیں سمارہے تھے لیکن اپنی خوشی کسی پر ظاہر نہیں کر رہے تھے۔ بلکہ واویلا کرنے والوں میں صبیحہ سب سے آگے تھی ۔ اب انھیں یقین ہوگیا کہ چودھری صاحب کی کروڑوں کی دولت بہت جلد ان کے قبضے میں آنے والی ہے ۔

دو دن تک شہباز کی موت کا غم منایا جاتا رہا۔ قریب و دور کے رشتے دار اور دوست احباب آئے اور تسلّی دیتے۔ بیگم صاحبہ کی حالت بہت خراب تھی ۔ اُن پر بار بار

غشی طاری ہورہی تھی ۔ جب بھی کوئی شہباز کی یاد دلاتا وہ بے ہوش ہوجاتی تھیں ۔ ان کے لیے خاص طور سے ڈاکٹر اور نرس کا انتظام کیا گیا تھا۔ جو ہر یل ان کی دیکھ بھال میں مصروف رہتے ۔

اِس دوران مرزا حشمت بیگ اور صبیحہ اپنے بچوں کو زیادہ سے زیادہ چودھری صاحب اور بیگم صاحبہ کی نظروں کے سامنے رکھنے کی کوشش کرتے ۔

تیسرے دن فاتحہ ہوجانے کے بعد چودھری صاحب اپنی اسٹیٹ کی طرف روانہ ہوئے ۔ تین دن کے کام رُکے پڑے ہوئے تھے ۔ ان کی تکمیل کرنا ضروری تھا۔ مرزا حشمت بیگ بھی ان کے ساتھ ہی آیا تھا۔ چودھری صاحب جب ہال میں داخل ہوئے تو چاروں طرف سوگواری کا ماحول تھا ۔ تمام ملازمین نے غمگین نظروں سے اُن کا استقبال کیا۔ وہ سیدھے جاکر اپنے آفس میں بیٹھ گئے ۔ مرزا حشمت بیگ کا الگ کمرہ تھا۔ وہ وہاں جاکر بیٹھ گیا۔

چودھری صاحب کے آفس میں بیٹھنے کے تھوڑی دیر بعد ان کے سکریٹری نے کچھ کاغذات لاکر ان کے سامنے رکھے اور کچھ نئے آرڈرس اور مال کی تیاری کی بابت اُنھیں زبانی بتایا ۔

چودھری صاحب نے تمام کاغذات کا بغور مطالعہ کیا اور پھر اُن پر دستخط کئے ۔ سکریٹری جانے لگا تو اُنھوں نے اُسے روک کر کہا " دیکھو، میں بالکل تنہا رہنا چاہتا ہوں ۔ کسی کو آفس میں آنے نہ دینا اور بہت ضروری کام ہو تو انٹرکوم کے ذریعہ خبر کر دینا ۔

" جی بہت اچھا سر" سکریٹری اتنا کہہ کر باہر چلا گیا ۔

چودھری صاحب نے میز پر اپنا سر لٹکا دیا اور آہستہ آہستہ رونے لگے ۔ تصور میں اُنھیں شہباز چلتا پھرتا دوڑتا بھاگتا دکھائی دینے لگا ۔ یکے بعد دیگرے شہباز کے نقوش اُبھرتے اور معدوم ہو جاتے ۔

تبھی اچانک آفس کے پچھلی سمت کے دروازے پر ہلکی سی دستک کی آواز آئی ۔ یہ دروازہ فارم کی سمت کھلتا تھا لیکن ہمیشہ بند ہی رکھا جاتا تھا ۔ پہلے تو چودھری صاحب کچھ سمجھ ہی نہ پائے اںھوں نے اُسے اپنا وہم سمجھا۔ تھوڑی دیر وہ ساکت بیٹھے رہے پھر اُنھیں دستک کی آواز سنائی دی ۔

وہ کرسی سے اُٹھے ۔ دروازے کے پاس آئے ۔ اُنھوں نے آہستہ سے دروازہ کھولا ۔ دروازہ میں اںھوں نے جو منظر دیکھا اُس نے اُنھیں حیرت اور حسرت کے دریا

میں غرق کردیا۔ سامنے شہباز کھڑا ہوا تھا۔

پہلے تو چودھری صاحب کو یقین نہیں آیا۔ انھوں نے سوچا کہیں یہ آنکھوں کا دھوکہ تو نہیں ہے۔ وہم تو نہیں ہے۔ انھوں نے کئی بار اپنی پلکیں جھپکائیں۔ تب تک شہباز بھی ڈیڈی کہہ کر دوڑا اور اُن سے لپٹ گیا۔ لپٹ کر رونے لگا۔

چودھری صاحب نے اُسے سینے سے لگایا اور کہا۔

"میرے بیٹے شہباز تم تو سمندر میں ڈوب گئے تھے۔ تم یہاں کیسے پہنچ گئے؟"۔

شہباز نے کہا "ڈیڈی میں سمندر میں ڈوبا نہیں تھا بلکہ مجھے ڈبو دیا گیا تھا۔ جزیرے میں بھی مجھے چٹان پر سے گرا کر مارنے کی کوشش کی گئی تھی۔ لیکن میں بچ گیا۔ کس نے ایسا کیا؟ کیا تم اُسے جانتے ہو؟ مجھے تفصیل سے بتاؤ کہ تمہارے ساتھ کیا ہوا اور کس نے کیا؟

جی ہاں ڈیڈی آپ آرام سے بیٹھئے میں آپ کو ساری باتیں تفصیل سے بتاتا ہوں۔

شہباز کی حالت بہت خراب تھی۔ اُس کا منہ سوکھا ہوا تھا آنکھوں کے گرد سیاہ حلقے پڑے ہوئے تھے۔ چودھری صاحب نے کہا۔ "اچھا پہلے یہ بتاؤ تم کچھ کھاؤ گے' پیو گے' مجھے تمہاری حالت کچھ ٹھیک نہیں لگ رہی ہے۔

شہباز نے کہا "جی ہاں ڈیڈی میں کل سے بھوکا ہوں میرے لیے کچھ منگوائیے لیکن ٹھہرئیے پہلے مجھے چھپ جانے دیجئے۔

شہباز جاکر باتھ روم میں چھپ گیا۔ تب چودھری صاحب نے گھنٹی بجائی، چپراسی اندر آیا تو اُس سے ناشتے کے لیے کچھ چیزیں طلب کیں۔ چپراسی چلا گیا اور تھوڑی دیر میں مطلوبہ چیزیں رکھ کر چلا گیا۔

چودھری صاحب نے اُٹھ کر دروازہ اچھی طرح سے بند کیا جہاں شیشے لگے ہوئے تھے وہاں پردہ گرا دیا۔ اس طرح کہ کوئی آفس میں جھانک بھی نہیں سکتا تھا۔ پھر انھوں نے شہباز کو آواز دے کر اندر بلایا۔ وہ آکر کرسی پر بیٹھ گیا اور اطمینان سے ناشتہ کرنے لگا۔ جب تک وہ ناشتہ کرتا رہا چودھری صاحب اُسے پیار بھری نظروں سے دیکھتے رہے۔ ناشتہ ختم کرنے کے بعد شہباز آرام سے بیٹھ گیا اور اس طرح کہنا شروع کیا۔

حشمت ماموں کے ساتھ ہم جزیرہ پر پہنچے۔ گھومتے پھرتے ہم پہاڑی کے اوپر چڑھ گئے۔ پہاڑی کے ایک کنارے پر فوٹو لینے کے بہانے سے حشمت ماموں نے مجھے کھڑا کر دیا اور پھر مجھے زور سے دھکا دیا۔ میں نیچے کھائی میں

گر پڑا۔ اتفاق سے میں ایسی جگہ گرا کہ مجھے چوٹ نہیں لگی۔ مجھے بالکل صحیح سلامت دیکھ کر اُنھیں بہت حیرت ہوئی۔ کسی طرح انھوں نے مجھے وہاں سے نکالا اور کہا کہ اس حادثے کے بارے میں کسی سے کچھ نہیں کہنا۔ پھر ہم وہاں سے ساحل کی طرف روانہ ہوئے۔ حشمت ماموں نے دو کمرے والی بوٹ کرایہ پر لی ہم اُس پر سوار ہوئے اور بیچ کے کمرے میں بیٹھ گئے۔ حشمت ماموں نے جاکر بوٹ کے ڈرائیور سے کچھ بات کی پھر وہ دونوں بوٹ کے پچھلے کمرے میں آئے ماموں نے مجھے وہاں بلوایا۔ میں جیسے ہی گیا بوٹ کے ڈرائیور نے مجھے دبوچ لیا اور حشمت ماموں نے مجھے رسی سے باندھ دیا۔ پھر ایک لوہے کا بڑا ٹکڑا بھی رسی سے باندھ دیا اور مجھے پانی میں پھینک دیا۔ میں تیزی سے اندر ڈوبنے لگا۔ تبھی نہ جانے کہاں سے ایک مچھیرا آیا اس نے جلدی جلدی میرے ہاتھ پیر کی رسی کھولی اور پھر مجھے آگے ہی آگے تیرتے ہوئے لے کر بڑھتا گیا۔ تقریباً تین گھنٹے کے بعد ہم کنارے پر پہنچے۔ اُس مچھیرے نے مجھے کنارے پر پہنچا دیا اور خود چلا گیا۔ کنارے پر کچھ مچھیروں کے مکان تھے۔ رات ہوگئی تھی۔ میں سمندر کے کنارے بالکل اکیلا اور تنہا کھڑا تھا۔ تبھی اُدھر ایک مچھیرن عورت نکل آئی اور مجھے اکیلا دیکھ کر مجھ سے میرا نام

پتہ پوچھنے لگی میں کچھ نہ کہہ نہ سکا، میرا بدن بھیگا ہوا تھا اور مجھے سخت سردی لگ رہی تھی۔ میرا پورا بدن کانپ رہا تھا۔ اُسے میری حالت پر ترس آیا۔ وہ مجھے اپنے جھونپڑے میں لائی۔ میرے کپڑے تبدیل کئے اور مجھے گرم گرم کافی پینے کو دی۔ پھر مجھے رضائی اوڑھا کر سلا دیا۔ میں گہری نیند سو گیا۔ دوسرے دن صبح اُٹھا تو مجھے تیز بخار تھا۔ اُس عورت نے ڈاکٹر کے پاس لے جا کر میرا علاج کروایا۔ شام تک میرا بخار کم ہو گیا لیکن کمزوری باقی رہی۔ میں ایک دن اُس عورت کے گھر میں رُکا اور پھر اُس سے اجازت لے کر چلا آیا۔ چلتے چلتے میں اِس فارم پر پہنچا۔ شام کا وقت تھا، آفس بند تھا۔ چوکیدار کی نظر بچا کر میں یہاں چلا آیا اور چھپ کر بیٹھ گیا۔ مجھے ڈر تھا کہ اگر حویلی جاتے وقت حشمت ماموں مجھے کہیں دیکھ لیتے تو پھر مجھے ختم کرنے کی کوشش کرتے اسی لیے میں نے یہاں آ کر پناہ لی۔ کل رات سے میں یہاں چھپا بیٹھا ہوں۔ مجھے اُمید تھی کہ آج آپ آفس ضرور آئیں گے اور میں آپ کو حالات بتا سکوں گا۔ اس طرح میں موت کے منہ سے نکل کر یہاں پہنچا ہوں۔

شہباز کے منہ سے یہ باتیں سن کر چودھری صاحب کا بدن غصّے سے کانپنے لگا۔ اسی وقت اِنہوں نے زور سے گھنٹی

بجائی۔ چپراسی نے اندر آنا چاہا لیکن دروازہ اندر سے بند تھا۔ شہباز نے اُٹھ کر دروازہ کھولا۔ چپراسی اندر آیا۔ شہباز کو دیکھ کر چپراسی حیران ہوا۔ چودھری صاحب نے چپراسی سے کہا۔ "فوراً جا کر حشمت کو بلا کر لاؤ"

چپراسی باہر چلا گیا اور تھوڑی دیر بعد حشمت بیگ کمرہ میں داخل ہوا اور جیسے ہی اس کی نظر شہباز پر پڑی اُس کے ہاتھ پاؤں شل سے ہو گئے۔ آنکھیں حیرت سے پھٹ پڑیں۔ اُسے اپنی آنکھوں پر یقین نہیں آ رہا تھا۔ جس لڑکے کے ہاتھ پاؤں باندھ کر اُس نے سمندر کے بیچ میں پھینک دیا تھا وہ زندہ اور صحیح سلامت اس کے سامنے موجود تھا۔ یہ جادو تھا یا کوئی کرشمہ؟ وہ سمجھنے سے قاصر تھا۔

چودھری صاحب نے اپنی میز کی دراز سے پستول نکال کی اور اس کی نال حشمت بیگ کی طرف کر کے کہا "حشمت آج مجھے تیری اصلیت معلوم ہو گئی ہے۔ آستین کا سانپ تو ہی ہے۔ میرے گھر کے چراغ کو بجھا کر تو اپنی زندگی کو روشن کرنا چاہتا تھا میں آج تجھے زندہ نہیں چھوڑوں گا۔ موت کو سامنے دیکھ کر حشمت کو کچھ سوجھا نہیں وہ دوڑ کر چودھری صاحب کے قدموں پر گر پڑا اور گڑگڑاتے

ہوئے کہا۔ " بھائی صاحب مجھے معاف کر دیجیے مجھ سے بہت بڑی غلطی ہوگئی ۔ مجھے معاف کر دیجیے ۔ اتنا کہہ کر وہ نہایت تیزی سے اُٹھ کھڑا ہوا اور چودھری صاحب سے پستول چھین لیا۔ دوڑ کر پیچھے دروازے کے پاس کھڑا ہوگیا ادر کہا خبردار، کوئی اپنی جگہ سے نہ ہلے ، آج میں اِس لونڈے کو زندہ نہیں چھوڑوں گا۔ دیکھتا ہوں اب یہ کیسے بچتا ہے ؟

چودھری صاحب نے کہا "حشمت ، شہباز پر گولی نہیں چلانا ، یہ حرکت تجھے بہت مہنگی پڑے گی ۔

اتنا کہہ کر چودھری صاحب نے دو قدم آگے بڑھائے "حشمت نے چلا کر کہا " خبردار آگے مت بڑھنا ورنہ گولی مار دوں گا۔ لیکن چودھری صاحب نہیں کرے آگے بڑھے ادر حشمت بیگ نے گولی چلا دی گولی چودھری صاحب کو لگی اور ایک چیخ ان کے منھ سے نکلی اور وہ زمین پر گر کر ڈھیر ہوگئے ۔ شہباز تیزی سے ان کی طرف بڑھا اور ڈیڈی ڈیڈی کہہ کر رونے لگا۔ حشمت بیگ نے شہباز سے کہا ۔ " آج تو زندہ نہیں بچے گا۔ اب مرنے کے لیے تیار ہوجا۔

اتنا کہہ کر اُس نے شہباز کا نشانہ لے کر گولی چلا دی۔ لیکن گولی شہباز کو لگنے کی بجائے بٹ سے سامنے گر پڑی ۔ یوں لگا گویا گولی فولاد کی دیوار سے ٹکرا کر نیچے گر پڑی ہو۔

یہ دیکھ کر حشمت بیگ گھبرا گیا ۔ اس نے دوسری گولی شہباز پر چلائی ۔ وہ بھی بے جان لوہے کے ٹکڑے کی طرح زمین پر گر پڑی ۔ مرزا حشمت بیگ تیسری گولی چلانا ہی چاہتا تھا کہ شہباز کو ایسا لگا جیسے کسی نے اُسے اُچھال کر حشمت بیگ پر پھینک دیا ہو ۔ شہباز کے دونوں پیر پوری قوت سے حشمت بیگ کے سینے پر پڑے ۔ وہ اپنی جگہ سے کئی فٹ دور جا گرا ۔ پستول اس کے ہاتھ سے چھوٹ گیا ۔ تبھی آفس کے کچھ لوگ دوڑ کر اندر داخل ہوئے ۔ حشمت بیگ تیزی سے اُٹھا لوگوں کو دھکیلتا ہوا باہر نکلا اور کار لے کر فرار ہو گیا ۔

شہباز اور دیگر لوگ چودھری صاحب کی طرف متوجہ ہوئے ۔ گولی ان کے سینے کے اوپر کندھے کے پاس لگی تھی اور اندر پیوست ہو گئی تھی ۔ خون تیزی سے بہہ رہا تھا اور ان کی حالت نازک ہوتی جا رہی تھی ۔ اُسی وقت چودھری صاحب کو ایک کار میں ڈال کر اسپتال لے جایا گیا ۔

چودھری صاحب کی بگڑتی ہوئی حالت کو دیکھ کر ڈاکٹر نے فوراً آپریشن تھیٹر میں بھجوا دیا اور آپریشن کی تیاری کرنے لگا ۔

اسپتال سے شہباز نے بیگم صاحبہ کو فون کیا۔ شہباز کی آواز سُن کر اُن کی خوشی کا ٹھکانہ نہ رہا۔ جب اُس نے چودھری صاحب کو گولی لگنے کی خبر سُنائی تو اُن کے ہوش و حواس اُڑ گئے۔ اُنھوں نے اسپتال کا پتہ پوچھا۔ شہباز نے پتہ بتایا اور بیگم صاحبہ نے ٹیلی فون رکھ دیا۔ صبیحہ سے اُنھوں نے کہا کہ چودھری صاحب کی حالت بہت نازک ہے کسی نے اُنھیں گولی مار دی ہے مَیں اسپتال جا رہی ہوں تم حویلی ہی میں رہنا۔

اتنا کہہ کر اُنھوں نے ڈرائیور سے گاڑی نکلوائی، اور آندھی طوفان کی طرح اسپتال پہنچیں۔

اِدھر بیگم صاحبہ حویلی سے نکلیں اور اُدھر مرزا حشمت بیگ حویلی میں داخل ہوا۔ جلدی جلدی اُس نے اپنی بیوی کے تمام زیورات اور قیمتی سامان ایک بڑے سوٹ کیس میں رکھا۔ پھر چودھری صاحب کے کمرے میں آیا۔ کسی طرح تالا توڑ کر اس نے تجوری کی پوری رقم، زیورات اور تمام کاروباری کاغذات نکال لئے اور اپنے سوٹ کیس میں رکھ لئے۔ پھر بیگم صاحبہ کے کمرے کا تمام سامان اِکٹھا کیا اور سوٹ کیس میں رکھ لیا۔ نوکر کھڑے تماشہ دیکھ رہے تھے کسی میں اتنی ہمت نہیں تھی کہ وہ اُسے روک سکتا۔

تمام سامان لے کر اپنی بیوی کے ساتھ کار میں بیٹھا اور سیدھا اُس اسکول میں پہنچا جہاں اس کے بچّے پڑھتے تھے۔ اُنھیں کار میں بٹھایا اور فرار ہوگیا۔

———————

بیگم چودھری جب اسپتال میں پہنچیں تو انھوں نے چودھری فوڈ انڈسٹریز کے اسٹاف کو وہاں رنجیدہ اور اداس موجود پایا۔ شہباز کو دیکھ کر وہ اس کی طرف بڑھیں اور اُسے سینے سے چٹا لیا۔ دونوں ماں بیٹے ایک دوسرے سے مل کر روتے رہے۔ پھر بیگم صاحبہ نے چودھری صاحب کے سکریٹری سے پوچھا کہ چودھری صاحب کی حالت کیسی ہے؟

سکریٹری نے کہا ''چودھری صاحب کے سینے میں گولی لگی ہے۔ اُنھیں آپریشن تھیٹر میں لے گئے ہیں جب تک گولی باہر نہ نکل جائے کچھ نہیں کہا جا سکتا۔ ویسے خون کافی بہہ چکا ہے۔ اسٹاف کے کئی لوگوں نے چودھری

HOSPITAL

صاحب کے لیے اپنا خون دیا ہے۔

سب لوگ اسپتال کی راہداری میں بیٹھے یا کھڑے ہوئے تھے۔ ہر ایک کا چہرہ اُداس تھا دل میں دُعائیں تھیں اور آنکھوں میں آنسو تھے۔

بیگم صاحبہ اور شہباز کرسیوں پر بیٹھے ہوئے تھے۔ بیگم صاحبہ نے شہباز سے پوچھا، شہباز بیٹے یہ سب ہوا کیسے؟

شہباز نے مختصر طور سے وہ تمام باتیں بیگم صاحبہ کو بتا دیں جو اُس کے ساتھ جزیرہ میں موٹر بوٹ پر اور آفس کے اندر پیش آئی تھیں۔

یہ سن کر کہ چودھری صاحب کو گولی مزاحمت بیگ نے ماری ہے، وہ سناٹے میں آ گئیں۔ اسی وقت اُنھوں نے اسپتال سے گھر فون کیا فون گھر کی ایک خادمہ نے اُٹھایا۔ بیگم صاحبہ نے پوچھا۔ "صبیحہ گھر میں ہے؟"

خادمہ نے کہا "جی نہیں بیگم صاحبہ، مرزا صاحب کار لے کر آئے تھے۔ اُنھوں نے گھر کا تمام قیمتی سامان، زیورات اور نقدی وغیرہ لی اور بی بی جی کو ساتھ لے کر چلے گئے"

"تم لوگوں نے مجھے فون کیوں نہیں کیا" بیگم صاحبہ نے کہا۔

کسی کو خبر نہیں تھی کہ آپ کہاں گئی ہیں؟ خادمہ نے کہا۔

بیگم صاحبہ نے فون رکھ دیا اور سر پکڑ کر بیٹھ گئیں۔ اُن کے ہوش و حواس گم ہو کر رہ گئے۔ سکریٹری نے بیگم صاحبہ کی یہ حالت دیکھی تو اُن کے قریب آیا اور کہا "بیگم صاحبہ آپ ٹھیک تو ہیں نا؟"

بیگم صاحبہ نے کہا "ہاں میں ٹھیک ہوں اُس حشمت کے بچے نے تمام قیمتی سامان روپے پیسے لیے اور بیوی کو لے کر فرار ہو گیا ہے۔

میں پولس کو ٹیلی فون کرتا ہوں۔

اسی وقت سکریٹری نے پولس اسٹیشن فون کیا چودھری صاحب کے گولی لگنے، اور حشمت بیگ کے رقم وغیرہ لے کر فرار ہونے کی مکمل رپورٹ انسپکٹر کو دی۔ حشمت بیگ کا حلیہ اور کار کا رنگ اور نمبر وغیرہ بھی اُس نے انسپکٹر کو بتا دیا۔

پولس انسپکٹر نے آس پاس کے تمام تھانوں کو کار کا نمبر، کار کا رنگ اور مرزا حشمت بیگ کا حلیہ وغیرہ بتا دیا اور کہا کہ یہ کار یا یہ آدمی جہاں کہیں دکھائی دے گرفتار کر لیا جائے۔

ہوائی اڈے اور ریلوے اسٹیشن کی پولس کو بھی اُس نے تفصیل دے دی ۔ پھر دو سپاہیوں کو ساتھ لے کر اسپتال آیا ۔۔۔۔۔۔ سکریٹری نے آفس میں ہونے والے حادثے کی تفصیل بتائی ۔

انسپکٹر نے شہباز کا بیان قلم بند کیا، شہباز نے جزیرے کے واقعات، موٹر بوٹ کی سازش اور آفس کے حادثہ کو مختصراً لکھوا دیا ۔

انسپکٹر نے آفس کے چند ملازمین کے بیانات بھی قلم بند کئے ۔ پھر بیگم صاحبہ سے بھی چند سوالات کئے ۔ اُنھیں یہ کہتے ہوئے بہت شرم محسوس ہوئی کہ حشمت بیگ اُنھیں کا بھائی ہے ۔

ان سب کاموں میں تقریباً دو گھنٹے لگ گئے ۔ تبھی آپریشن تھیٹر کا دروازہ کھلا اور ڈاکٹر باہر آیا۔ سکریٹری فوراً اس کی طرف بڑھا اور پوچھا "کیوں ڈاکٹر صاحب ! کیسی حالت ہے صاحب کی ؟

ڈاکٹر نے کہا " گھبرانے کی کوئی بات نہیں ہے خطرہ ٹل گیا ہے ۔ گولی نکالی جا چکی ہے ۔ اندرونی اعضا محفوظ ہیں لیکن زخم بھرنے میں وقت لگے گا۔

اس بات سے سب کے چہروں پر اطمینان کی لہر

دوڑ گئی ۔

انسپکٹر نے ڈاکٹر سے کہا ، ڈاکٹر صاحب آپ کو اپریشن کرنے سے پہلے پولیس کو اطلاع دینی چاہئے تھی ۔

ڈاکٹر نے کہا " ہاں مجھ سے بھول ہوگئی۔ مریض کی حالت کافی تشویشناک تھی ۔ فوراً آپریشن نہ کیا جاتا تو مریض کی جان کو خطرہ ہو سکتا تھا ۔ آئی ۔ ایم ۔ ساری ۔ انسپکٹر نے کچھ اور جرح نہیں کی ۔

تھوڑی دیر بعد چودھری صاحب کو اسٹریپچر پر ڈال کر دوسرے کمرے میں پہنچا دیا گیا۔ وہ بے ہوش تھے ۔ ابھی ایک گھنٹہ کسی کو اُن سے ملنے کی اجازت نہیں تھی ۔

ایک گھنٹہ بعد چودھری صاحب کو ہوش آگیا۔ پہلے انسپکٹر نے ان کا بیان قلم بند کیا ۔ پھر بیگم صاحبہ اور شہباز نے اُن سے ملاقات کی ۔ بیگم صاحبہ نے حشمت کے سامان لے کر بھاگ جانے کی خبر جان بوجھ کر چودھری صاحب کو نہیں بتائی ۔

انسپکٹر ایک سپاہی کی ڈیوٹی لگا کر پولیس اسٹیشن آیا۔ مختلف تھانوں میں فون کر کے حشمت بیگ کے متعلق معلومات چاہی ۔ کہیں سے اس کے گرفتار ہونے یا اس کی کار پکڑے جانے کی خبر نہیں ملی ۔

کچھ دیر چودھری صاحب کے پاس بیٹھ کر بیگم صاحبہ شہباز کو لے کر حویلی جانے کے لیے اُٹھیں۔ سیکریٹری کو وہیں رہنے کی ہدایت کی اور خود حویلی چلی آئیں۔

حویلی میں آکر انھوں نے دیکھا کہ ان کی تمام الماریوں اور تجوریوں کے تالے ٹوٹے پڑے تھے اور سامان بکھرا پڑا تھا۔ چودھری صاحب کے کمرے کا بھی یہی حال تھا۔ تمام نقدی اور قیمتی سامان غائب تھا۔ ضروری کاغذات بھی غائب تھے۔

پھر وہ اُس کمرے میں گئیں جہاں حشمت بیگ رہتا تھا وہاں بھی ہر چیز بے ترتیبی سے اِدھر اُدھر پھیلی ہوئی تھی، اور تمام قیمتی چیزیں غائب تھیں۔ یہ منظر دیکھ کر اُن کے ہوش و حواس اُڑ گئے۔ کسی طرح انھوں نے اپنے آپ کو قابو میں رکھا۔ پھر انھوں نے اسٹیٹ میں فون کیا کہ آفس کی چھٹی کر دو اور چوکیدار کو اطلاع دے دو کہ اگر مرزا حشمت بیگ وہاں آئے یا کہیں دکھائی دے تو فوراً اس کو گرفتار کرکے پولیس کے حوالے کر دیں۔

پھر بیگم صاحبہ نے نسرین اور پرویز کے اسکول میں فون کیا معلوم ہوا کہ ان کے والدین آئے تھے اور بچوں کو اپنے ساتھ لے گئے ہیں۔

پوری حویلی میں ایک عجیب سی بھیانک اُداسی چھائی ہوئی تھی۔ ہر فرد ہراساں و پریشاں تھا۔

شام کو بیگم صاحبہ نے پولس اسٹیشن فون کیا۔ یہ معلوم کرنے کے لیے کہ حشمت بیگ کا کچھ پتہ چلا یا نہیں۔ پولس انسپکٹر نے بتایا کہ ابھی تک ان کا کچھ پتہ نہیں چلا ہے۔

پھر انھوں نے شہباز کو ساتھ لیا اور اسپتال پہنچ گئیں۔ اب، چودھری صاحب کی حالت کافی سدھر گئی تھی۔ سینے میں جہاں گولی لگی تھی وہاں پٹی بندھی ہوئی تھی اور کافی درد تھا۔ خون کے بہہ جانے سے کچھ کمزوری بھی تھی۔ بیگم صاحبہ نے ڈاکٹر سے ملاقات کی۔ ڈاکٹر نے کہا کہ خطرے کی کوئی بات نہیں ہے۔ صرف کمزوری ہے جو چند دنوں میں دور ہو جائے گی لیکن سینہ کا زخم بھرنے میں کافی وقت لگے گا۔

بیگم صاحبہ نے پوچھا۔ "چودھری صاحب کی چھٹی کب تک ہوگی؟

ڈاکٹر نے کہا۔" اگر آپ لے جانا چاہیں تو کل شام میں انھیں گھر لے جا سکتی ہیں، ہاں آپ کو گھر پر ہی بینڈیج وغیرہ کا انتظام کرنا ہوگا۔

بیگم صاحبہ نے کہا " ٹھیک ہے ، ہم یہ سب انتظامات

گھر پر کریں گے "

کچھ دیر چودھری صاحب کے پاس رُک کر بیگم صاحبہ شہباز کو لے کر حویلی آ گئیں ۔

دوسرے دن سویرے پولس انسپکٹر نے اطلاع دی کہ مزاحمت بیگ کی کار ایک سینما کے پاس کھڑی ہوئی ملی ہے ۔ ایسا لگتا ہے کہ وہ ٹیکسی کے ذریعے یا ریل کے ذریعے شہر سے کہیں دور چلا گیا ہے ۔ بہرحال پورے ملک میں اس کی تلاش جاری ہے ۔ T.V سے اس کی تصویر بھی دکھائی جا رہی ہے ۔ وہ زیادہ دنوں تک اپنے آپ کو پوشیدہ نہ رکھ سکے گا ۔

شام کو چودھری صاحب حویلی میں آ گئے ۔ حویلی میں آنے کے بعد جب اُنھیں مزاحمت بیگ کی چوری کی حرکت کا علم ہوا تو اُنھیں بے حد صدمہ ہوا ۔ ان کی لاکھوں کی دولت ، زیورات اور کروڑوں کے حساب کتاب کے کاغذات غائب ہو چکے تھے ۔ وہ کاغذات اتنے ضروری تھے کہ اگر نہ مل پائے تو اُن کا پورا کاروبار چوپٹ ہو کر رہ جائے گا ۔ اس خبر سے وہ بالکل ادھ مرے ہو کر رہ گئے ۔ گولی کے زخم کی بھی اُنھیں اتنی تکلیف نہیں ہوئی تھی جتنی اس خبر کو سن کر ہوئی کہ وہ بالکل بجھ کر رہ گئے

اور زندگی میں پہلی بار چودھری صاحب نے غصہ ہو کر بیگم صاحبہ کو بہت بُرا بھلا کہا۔

بیگم صاحبہ خود بھی بہت شرمندہ تھیں۔ ان کے بھائی نے خود اُن کی پیٹھ میں خنجر مارا تھا۔ ان کی اولاد اور شوہر کو مار ڈالنے کی کوشش کی تھی۔ چودھری صاحب کی حالت کا اندازہ کرتے ہوئے اُنھوں نے ان کی کسی بات کا بُرا نہیں مانا اور نہ پلٹ کر جواب دیا۔ سب کچھ خاموشی سے برداشت کر گئیں بلکہ اپنی طرف سے معافی بھی مانگی کیونکہ بیگم صاحبہ کی سفارش پر ہی چودھری صاحب حشمت بیگ کو حویلی میں رکھنے پر تیار ہوئے تھے۔

دھیرے دھیرے چودھری صاحب کا زخم بھرتا چلا گیا لیکن وہ زخم جو دل پر لگا تھا دن بہ دن گہرا ہوتا چلا جا رہا تھا۔ حساب کتاب کے کاغذات کی گمشدگی کی خبر اگر پھیل جائے تو اُن کا کاروبار ملیامیٹ ہو کر رہ جائے گا۔ دولت کے جانے کا اُنھیں اتنا غم نہیں تھا جتنا ان کاغذات کی گمشدگی کا غم تھا۔

شہباز اپنے تئیں یہ سوچنے لگا تھا کہ اسی کی وجہ سے حویلی میں یہ حالات پیدا ہوئے تھے۔ اگر وہ حویلی میں نہ آیا ہوتا تو کسی نہ کسی طرح چودھری صاحب اور

بیگم صاحبہ اپنے بچے کی گم شدگی کا غم برداشت کر لیتے اور صبر کر کے بیٹھ جاتے لیکن اس کے آنے کے بعد جو حالات پیدا ہوئے ان کی وجہ سے چودھری صاحب کو نہ صرف جسمانی اذیت پہنچی بلکہ ذہنی تکلیف بھی اٹھانی پڑی اور اس کے لیے دہ خود کو الزام دیتا تھا۔

بیگم صاحبہ ہر طریقے سے چودھری صاحب کی دل جوئی میں لگی ہوئی تھیں۔ وہ نہیں چاہتی تھیں کہ ان کے کسی رویّے سے چودھری صاحب کو اور دکھ پہنچے۔ اُن کا علاج بدستور جاری تھا۔ شہباز پر پابندی عائد تھی کہ وہ حویلی سے قدم نہ نکالے کیونکہ ابھی تک مرزا حشمت بیگ کا کچھ پتہ نہیں چل پایا تھا۔

چودھری صاحب کی درخواست پر حفاظت کے لیے حویلی پر پولس کا پہرہ بٹھا دیا گیا تھا۔

انھیں حالات میں پندرہ دن گزر گئے۔ پہلی تاریخ کو تنخواہ دینے کے لیے بینک سے رقم نکلوائی اور سکریٹری کے ذریعہ تنخواہ تقسیم کر وا دی۔ چودھری صاحب کے سینہ کا زخم کافی بھر چکا تھا۔ اگلے ہفتہ ٹانکے کٹنے والے تھے۔ دل پر لگا ہوا زخم کسی طرح کم ہونے کا نام نہ لیتا تھا۔ کاروبار کی حالت دن بہ دن خراب ہوتی چلی جا رہی تھی

کاروبار میں چودھری صاحب کی دلچسپی بالکل ختم سی ہوکر رہ گئی تھی۔ جن پارٹیوں کی طرف پیسے رُکے ہوئے تھے وہ وصول نہیں ہو پا رہے تھے کیونکہ کا غذات حشمت بیگ لے کر فرار ہوگیا تھا۔

شہباز سے حویلی کی یہ بگڑی ہوئی حالت دیکھی نہ جاتی تھی۔ چودھری صاحب کا مزاج چڑچڑا ہوگیا تھا وہ بیگم صاحبہ سے بھی بیزار رہنے لگے تھے اور کبھی کبھی تو اُنھیں بُری طرح جھڑک دیتے تھے۔ ڈانٹ دیتے تھے۔ بیگم صاحبہ کے کسی سوال کا ٹھیک سے جواب نہیں دیتے تھے۔ ڈانٹ دیتے تھے۔ مرزا حشمت بیگ کی ان تمام حرکتوں کا ذمہ دار وہ بیگم صاحبہ ہی کو ٹھہراتے تھے۔

بیگم صاحبہ بہت ہی سمجھ دار عورت تھیں۔ چودھری صاحب کی تمام کڑوی کسیلی باتوں کو برداشت کر جاتی تھیں۔ کچھ جواب نہ دیتی تھیں۔

ان سب حالات کی وجہ سے چودھری صاحب کی طبیعت خراب سی رہنے لگی حالانکہ ان کے سینے کا زخم تقریباً بھر چکا تھا لیکن چہرے پر ایک عجیب سا کرب نمایاں نظر آتا تھا۔ ان کے چہرے کی شادابی اور مسکراہٹ غائب ہو کر رہ گئی تھی۔

زخمی ہونے کے بعد وہ کبھی اسٹیٹ بھی نہیں گئے۔ سکریٹری پورے کاروبار کی دیکھ بھال کر رہا تھا۔ تہران کے ان کے دوست ظفر اللہ خاں بھی آئے، چند دن رُکے اور واپس چلے گئے کیونکہ ان پر بھی کافی ذمہ داریاں تھیں۔

ان کرب ناک حالات میں ڈیڑھ مہینہ بیت گیا۔ حالات سدھرنے کے بجائے دن بدن بگڑتے جا رہے تھے۔ مرزا حشمت بیگ کا کچھ پتہ نہیں تھا۔ اُسے زمین کھا گئی یا آسمان نگل گیا۔

مہینہ کی تیس تاریخ تھی اور دوسرے دن تمام ملازموں کو تنخواہ دینی تھی لیکن چودھری صاحب کے بینک اکاؤنٹ میں اتنی رقم موجود نہیں تھی کہ تمام ملازمین کی تنخواہیں دی جاسکتیں۔ دوسری جگہوں سے بالکل رقم نہیں آ رہی تھی۔ چودھری صاحب کی بیماری اور مرزا حشمت بیگ کے فرار ہو جانے کی وجہ سے دوسرے شہروں کے ایجنٹوں سے برابر رابطہ قائم نہیں ہو رہا تھا۔ ان حالات کا فائدہ اُٹھا کر دوسری کمپنی کے لوگ تیزی سے اپنا مال پھیلا رہے تھے چودھری صاحب کا مال رُکتا جا رہا تھا۔

ملازمین کو تنخواہیں کس طرح دی جائیں یہ ایک ایسا

سوال تھا جس نے چودھری صاحب کو نڈھال کر کے رکھ دیا تھا۔ شام کو سکریٹری آیا اور کمپنی کی گری ہوئی حالت سے چودھری صاحب کو باخبر کیا۔

مرزا حشمت بیگ "چودھری فوڈ انڈسٹریز" کا مینجر تھا اسی لیے تمام خط و کتابت کا ریکارڈ اور مال کی سپلائی اور رقم کی وصولی کی مکمل معلومات اُسے ہی تھی۔ اُس نے ٹھیک سے حساب بھی نہیں رکھا تھا۔

تھوڑی دیر سکریٹری نے چودھری صاحب سے باتیں کیں اور پھر چلا گیا۔ اس کے جانے کے بعد بیگم صاحبہ اور شہباز چودھری صاحب کے کمرے میں گئے جیسے ہی چودھری صاحب نے بیگم صاحبہ کو دیکھا ایک دم پھٹ پڑے۔ غصہ میں جو کچھ اُن کے منہ میں آیا کہہ دیا۔ بیگم صاحبہ پھوٹ پھوٹ کر رونے لگیں۔ شہباز بھی رونے لگا۔ پھر اچانک چودھری صاحب کا غصہ ختم ہو گیا۔ اور وہ بھی سِسک سِسک کر رونے لگے۔ بیگم صاحبہ اور شہباز روتے ہوئے اپنے کمروں میں چلے گئے۔

شہباز کے لیے یہ حالات بیحد پریشان کن تھے۔ بیگم صاحبہ اور چودھری صاحب کی حالت اُس سے دیکھی نہ جاتی تھی۔ اِن حالات سے اُنہیں کس طرح چھٹکارا دلایا

جائے ۔ یہی سب سوچتے سوچتے کافی رات ہوگئی اور اُسے نیند نہیں آئی ۔

رات میں دو بجے کے قریب اُس نے اپنی جانگھ میں بندھا ہوا بال توڑا اور اُسے آگ میں جلا دیا ۔ اس کے جلتے ہی کمرے میں گڑگڑاہٹ کی آواز پیدا ہوئی ۔ پھر کمرے میں کثیف سفید دھواں داخل ہوا ۔ اُس دھوئیں نے شکل اختیار کی اور اس کے سامنے جن کھڑا ہوا قہقہے لگا رہا تھا ۔ جن نے شہباز سے کہا "بول بچے تیری آخری خواہش کیا ہے ؟

شہباز نے کہا "جن چاچا میری آخری خواہش یہ ہے کہ تم کسی بھی طرح مرزا حشمت بیگ کو یہاں لے کر آؤ ۔ ساتھ ہی اُس کے بیوی بچوں کو اور تمام سامان کو، جو وہ یہاں سے چرا کر لے بھاگا ہے ۔

ٹھیک ہے بچے وہ صبح تک تمام سامان اور بیوی بچوں کے ساتھ یہاں پہنچ جائے گا ۔

" اور ہاں جن چاچا" شہباز نے کہا "اُسے یہاں لانا تو بالکل نہتا ہونا چاہئے ۔ اُس کے پاس کوئی اوزار نہ ہونے پائے ۔ اور اگر اُس نے بیگم صاحبہ ، چودھری صاحب یا مجھ پر حملہ کرنے کی کوشش کی تو تمھیں بچانا ہوگا ۔

تو فکر مت کر بچے وہ کسی کا بال بھی بیکا نہ کر سکے گا بلکہ خود اپنے جال میں پھنس جائے گا۔ کہیں بھاگ نہ پائے گا۔

" اچھا میں چلتا ہوں بچے" اتنا کہہ کر جن غائب ہوگیا۔ شہباز صبح کا انتظار کرتے کرتے سوگیا۔

صبح کو آٹھ بجے گھر کے سب لوگ ناشتہ سے فارغ ہوکر ڈرائنگ روم میں بیٹھے ہوئے تھے تبھی ایک پولس جیپ حویلی میں داخل ہوئی اور حویلی کے دروازے کے سامنے آکر کھڑی ہوگئی اُس جیپ میں صرف ایک انسپکٹر تھا اور پیچھے مرزا حشمت بیگ، صبیحہ اور ان کے دونوں بچے نسرین اور پرویز بیٹھے ہوئے تھے۔ جیپ میں سامنے کی سیٹ پر دو سوٹ کیس بھی رکھے ہوئے تھے جن میں وہ تمام سامان موجود تھا جو مرزا حشمت بیگ حویلی سے لے کر فرار ہوا تھا۔

انسپکٹر دونوں سوٹ کیس اپنے ہاتھوں میں لے کر نیچے اتر آیا۔ پھر اُس نے مرزا حشمت بیگ، صبیحہ اور دونوں بچوں کو نیچے اترنے کو کہا، سب کے سب نیچے اتر آئے تو انسپکٹر اُٹھیں ڈرائنگ روم میں لے کر آیا۔

مرزا حشمت بیگ اور اس کے بیوی بچوں کے آنے کی

خبر ایک منٹ میں پوری حویلی میں پھیل گئی اور تمام ملازمین ڈرائنگ روم میں جمع ہو گئے ۔

انسپکٹر نے دونوں سوٹ کیس چودھری صاحب کے حوالے کیے اور کہا ” لیجیے صاحب آپ کے مجرم آپ کے سامنے کھڑے ہیں ۔

مرزا حشمت بیگ کو دیکھ کر چودھری صاحب غصہ سے کانپنے لگے ۔ بیگم صاحبہ اپنی جگہ سے اُٹھ کر آئیں اور انھوں نے بے تحاشا حشمت بیگ کے منھ پر طمانچے مارنا شروع کیے ۔ اُس کا سَر شرم سے جھکا کا جھکا رہا۔ بڑی مشکل سے بیگم صاحبہ کو ہٹایا گیا انھوں نے کہا ” حرام زادے   اپنے خاندان کا نام مٹی میں ملا دیا ۔ جس رکابی میں کھایا اُسی میں چھید کر دیا ۔ میں تجھ پر تھوکتی ہوں ۔ اتنا کہہ کر بیگم صاحبہ نے اُس کے مُنھ پر تھوک دیا ۔

چودھری صاحب نے کہا ” دور ہو جا کمینے میری نظروں سے ۔ تیرے بجائے اگر کسی کتے کو پال لیتے تو اچھا ہوتا ۔ تجھ جیسا رذیل آدمی نہ میں نے کبھی دیکھا نہ کبھی سنا ۔ تو آدمی نہیں ہے آدمی کے روپ میں بھیڑیا ہے ۔

مرزا حشمت بیگ دوڑ کر چودھری صاحب کے قدموں پر گر پڑا اور گڑگڑاتے ہوئے کہا ” بھائی صاحب مجھے

معاف کر دیجیے ۔ مجھے معاف کر دیجیے ۔ مجھ سے بھول ہو گئی ۔ چودھری صاحب نے ایک ٹھوکر اس کے منھ پر ماری اور غصے سے تلملاتے ہوئے کہا " مجھے ہاتھ مت لگا ۔ دور ہو جا میری نظروں سے ۔ میں تیری منحوس صورت تک دیکھنا نہیں چاہتا تو آستین کا سانپ ہے ۔ زہریلا سانپ ۔

اچانک مرزا حشمت بیگ اپنی جگہ سے اُٹھا اور تیزی سے دوڑ کر اپنی بیوی صبیحہ کے پاس گیا اور اُس کے گلے کو اپنے دونوں ہاتھوں سے دبوچ کر کہا " اسی کمینی عورت نے مجھے یہ سب کچھ کرنے پر اُکسایا تھا ۔ آج میں اسے زندہ نہیں چھوڑوں گا "

مرزا حشمت بیگ نے اپنی پوری قوت سے صبیحہ کا گلا دبانا شروع کر دیا ۔ انسپکٹر نے دوڑ کر اُسے روکنے کی کوشش کی لیکن اُس پر جنون طاری ہو چلا تھا ۔ اور تھوڑی دیر میں اس کی بیوی صبیحہ بے جان ہو کر فرش پر گر پڑی ۔ انسپکٹر نے حشمت بیگ کو مضبوطی سے پکڑ لیا اُس کی آنکھ سے آنسو بہنے لگے ، اُس کے دونوں بچے اِس دہشت ناک منظر کو دیکھ کر بیگم صاحبہ سے جا کر لپٹ گئے اور رونے لگے ۔

اُسی وقت پہرے پر جو دو سپاہی موجود رہتے تھے ،

اندر آئے ۔ انسپکٹر کو دیکھ کر اُنھیں حیرت ہوئی ۔ اُنھوں نے جلدی سے اُسے سلام کیا ۔

انسپکٹر نے کہا ''گرفتار کرلو مزاحمت بیگ کو اِس نے ابھی گلا گھونٹ کر اپنی بیوی کو مار ڈالا ہے ۔

سپاہیوں نے مزاحمت بیگ کو پکڑ لیا اور اس کے ہاتھوں میں ہتھکڑی ڈال دی ۔

انسپکٹر شہباز کی طرف مڑا اور اُسے مخاطب کرکے کہا ''اچھا بیٹے خوش رہ ۔ میں چلتا ہوں ۔ تیرا کام پورا ہوا اور میرا وعدہ پورا ہوا'' اتنا کہہ کر انسپکٹر مڑا اور اپنی جیپ میں جاکر بیٹھ گیا ۔ شہباز دوڑ کر اُس کے پاس گیا اور کہا ''جن چاچا ، آپ کا بہت بہت شکریہ ۔ ایک کام اور کر دینا ، میرے اصلی ماں باپ کو کچھ رقم پہنچا دینا اور کچھ ایسا کر دینا کہ وہ میری آس چھوڑ دیں ۔

''ٹھیک ہے بیٹے جا خوش رہ ، تیرا یہ کام بھی ہو جائے گا ۔ خدا حافظ'' اتنا کہہ کر اُس نے جیپ کو آگے بڑھایا اور چند لمحوں میں جیپ نظروں سے اوجھل ہو گئی ۔

شہباز اندر کمرے میں آیا تو سپاہی نے چودھری صاحب سے پوچھا، کیوں صاحب یہ کونسے تھانے کے

انسپکٹر تھے ؟

چودھری صاحب نے کہا ، مجھے نہیں معلوم شاید شہباز
کو معلوم ہو "

سپاہی نے شہباز سے پوچھا "کیوں چھوٹے صاحب آپ
انسپکٹر صاحب کو پہچانتے ہیں ؟

شہباز نے کہا " میں اُنہیں نہیں پہچانتا میں تو اِن
سے یہی پوچھنے گیا تھا کہ وہ کس پولس اسٹیشن کے انسپکٹر
ہیں لیکن انھوں نے کچھ بتایا نہیں اور میں ان کا شکریہ
ادا کرکے چلا آیا "

اُسی وقت سپاہی نے پولس اسٹیشن فون کیا اور
مرزا حشمت بیگ کے پکڑے جانے کی خبر پولس انسپکٹر
کو دی ۔

انسپکٹر چار سپاہیوں کے ساتھ چودھری صاحب کی
حویلی میں پہنچ گیا ۔ صبیحہ کی لاش کا پنچ نامہ کیا گیا اور
اُسے پوسٹ مارٹم کے لیے بھیج دیا ۔ انسپکٹر نے اسپتال
میں فون کرکے ایمبولینس بلوالی ۔ سب کے بیانات لکھے
پھر مرزا حشمت بیگ سے پوچھا " کیوں بھائی تم کہاں
بھیجے بیٹھے تھے ۔ ہم نے ملک کا کونا کونا چھان مارا لیکن
تمہارا کچھ پتہ نہیں چلا اور آج اچانک حویلی میں کیسے

پہنچ گئے ؟

مرزا حشمت بیگ نے کہا " ہم لوگ اس ملک کو چھوڑ کر امریکہ چلے گئے تھے ۔

پھر امریکہ سے یہاں کیسے آگئے ؟ انسپکٹر نے پوچھا۔

ہم اپنے گھر میں سوئے ہوئے تھے ۔ جب آنکھ کھلی تو ہم جیپ میں بیٹھے ہوئے تھے اور جیپ چودھری صاحب کی حویلی میں تھی ۔ میں خود حیران ہوں کہ ہم یہاں کیسے پہنچ گئے ؟ حشمت بیگ نے جواب دیا ۔

انسپکٹر نے چودھری صاحب سے پوچھا کیوں صاحب آپ اُس انسپکٹر کو جانتے ہیں جس نے مرزا حشمت بیگ کو گرفتار کیا ہے ؟

چودھری صاحب نے کہا " نہیں مجھے نہیں معلوم وہ کون تھا اور کہاں کا انسپکٹر تھا ؟ جو کوئی بھی تھا قانون کا محافظ تھا ۔ نیکی کا فرشتہ تھا"

انسپکٹر اور سپاہیوں کی حیرت کسی طرح کم نہ ہوتی تھی ۔ ایک معمّہ تھا جسے وہ سلجھا نہیں پا رہے تھے ۔ انھوں نے حشمت بیگ کو ساتھ لیا اور پولیس اسٹیشن چلے گئے ۔ صبیحہ کی لاش پوسٹ مارٹم کے لیے اسپتال بھیج دی گئی ۔

––––––––

اُسی روز شام کو اسلم کے والد آفس سے گھر واپس آرہے تھے تو اُنھیں ایک ویران موڑ پر اسلم کھڑا ہوا دکھائی دیا۔ وہی بدصورت چہرہ اور بدہیئت شکل۔ جلدی سے وہ اپنی سائیکل سے اتر پڑے اور اُس کے قریب آئے اور کہا

''کیوں اسلم تو کہاں غائب ہوگیا تھا؟ یہاں کیوں کھڑا ہے؟''

اسلم نے کہا ''ابّو جی آپ ذرا میرے ساتھ اُس ٹیکری پر چلئے میں آپ کو ایک بہت ضروری بات بتانا چاہتا ہوں''

کیا بات ہے؟

آپ آئیے تو، آپ کے فائدے کی بات ہے۔ اسلم نے کہا۔

اُس کے اتّا نے سائیکل کھڑی کردی اور اُس کے پیچھے پیچھے ٹیکری پر چڑھ گئے ٹیکری کے پیچھے ندی تھی جو بہت تیزی کے ساتھ بہہ رہی تھی۔

ٹیکری پر پہنچ کر اسلم نے اپنے اتّا سے کہا۔ ''ابّو جی

میں گھر سے نکل کر ایک بہت بڑے آدمی کے گھر پہنچ گیا تھا۔ ایک دفعہ میں نے اُس کی جان بچائی تو اس نے مجھے خوش ہو کر پچاس ہزار روپے انعام دیئے لیکن کل اُس کی لڑکی نے مجھے طمانچہ مارا اور گالیاں دیں اس لیے وہ رقم لے کر میں یہاں چلا آیا۔ وہ روپے میں نے اپنے کپڑوں کی پیٹی میں رکھ دیئے ہیں اور کسی کو خبر نہیں ہے۔ آپ اُس روپے سے گڈو اور منی کو اچھی تعلیم دلانا اور ان کی شادی پر وہ رقم خرچ کرنا۔ اِس رقم کا ذکر کسی سے مت کرنا۔ میں اب زندہ رہنا نہیں چاہتا اس لیے میں اِس ندی میں ڈوب کر خودکشی کر رہا ہوں لیکن اب یہ بات کسی کو مت بتانا۔ خدا حافظ" اسلم نے اتنا کہا اور ندی میں چھلانگ لگا دی۔ اُس کے ابا حیرت سے اُسے دیکھتے رہ گئے۔ کافی دیر تک ندی کو دیکھتے رہے لیکن پھر اسلم اُنہیں کہیں دکھائی نہیں دیا۔

وہ نیچے آئے، سائیکل اٹھائی اور گھر آئے۔ جلدی سے اُنھوں نے کپڑوں کی پیٹی کھول کر دیکھی کپڑوں کے نیچے سو سو کے نوٹوں کی پانچ گڈیاں رکھی ہوئی تھیں، اُنھوں نے جلدی سے پیٹی بند کر دی اور یہ بات کسی کو نہیں بتائی۔

دوسرے دن انھوں نے وہ روپے بینک میں جمع کر دیئے ۔ ندی کی طرف گئے ، اُس پاس کے لوگوں سے پوچھا کہ یہاں کسی لڑکے کی لاش تو نہیں پائی گئی ۔ لوگوں نے کہا "نہیں لاش تو کوئی نہیں ملی"   پھر اُس کے والد آفس چلے گئے ۔

———

مرزا حشمت بیگ پر اپنی بیوی کے قتل اور چودھری صاحب کو قتل کے ارادے سے گولی مارنے کے الزامات تھے ۔ اُس پر مقدمہ چلا ۔ شہباز ، بیگم چودھری اور ملازمین نے صبیحہ کے قتل کی گواہیاں دیں ۔ چودھری صاحب پر حملے کی گواہیاں شہباز اور آفس کے ملازمین نے دیں اور دونوں جرم ثابت ہوئے ۔ مرزا حشمت بیگ نے اپنے دونوں جرم قبول کئے اور اُسے پھانسی کی سزا سنا دی گئی ۔

———

نسرین اور پرویز اپنے والدین کی موت سے بے حد غمزدہ تھے لیکن شہباز، چودھری صاحب اور بیگم صاحبہ اُنھیں ہر طریقے سے خوش رکھنے کی کوشش کرتے اور اُنھیں کبھی کسی چیز کی کمی محسوس نہ ہونے دیتے۔ ان کی ادنیٰ سے ادنیٰ خواہش پوری کرتے۔ دھیرے دھیرے اپنے والدین کی موت کا غم ان کے دلوں سے مٹ گیا اور وہ ہنسی خوشی حویلی کے اندر رہنے لگے۔

اس طرح شہباز کی زندگی کا ایک نیا دور شروع ہوا۔ جس میں اُسے ماں باپ کا سچا پیار ملا دنیا کی تمام آسائشیں ملیں اور ہر طرح کا آرام نصیب ہوا۔

شہباز کو یقین تھا کہ جن چاچا نے اس کے اصلی ماں باپ کو بھی کچھ رقم دے دی ہوگی۔ اُس طرف سے بھی شہباز مطمئن ہوگیا اور جن چاچا کی مہربانیوں کے طفیل ہنسی خوشی زندگی بسر کرنے لگا۔ ایسی زندگی جس میں آرام ہی آرام تھا سکون ہی سکون تھا۔

ختم شد

بچوں کا ایک دلچسپ اور مہماتی ناول

دوسرا زینہ

مصنف: سراج انور

بین الاقوامی ایڈیشن شائع ہو چکا ہے